Frank Neuland

KATERINA

Rendezvous
mit der Liebe

Frank Neuland

KATERINA

Rendezvous
mit der Liebe

Bibliografische Information der Deutschen Nationalbibliothek:
Die Deutsche Nationalbibliothek verzeichnet diese Publikation in der Deutschen National-bibliografie; detaillierte bibliografische Daten sind im Internet über http://dnb.dnb.de abrufbar.

Bildnachweis: Canva

Herstellung und Verlag: BoD – Books on Demand, Norderstedt

ISBN: 9783739248738

Inhalt

Wer ein holdes Weib errungen,
stimm in unsern Jubel ein,
nie, nie, nie wird es zu hoch besungen sein.

Fidelio
Ludwig van Beethoven

Prolog

Es lässt Peter einfach nicht in Ruhe. Dieses antreibende, in seinem Herzen Unruhe stiftende Gefühl. Mach es doch endlich! Schreib es endlich auf! Oder lass es wenigstens von jemandem aufschreiben. Es will und muss endlich raus aus dir. Jeder soll es lesen können, soll sich seine eigenen Gedanken dazu machen dürfen – auch deswegen, weil es jeden treffen kann. Außerdem willst du diese Frau und ihr Schicksal doch schon seit Jahren durch die Buchform ehren.

Dabei ist es unerheblich, dass das Geschehene schon vor einem Vierteljahrhundert stattfindet. Denn die Zeit spielt keine Rolle in dieser menschlichen Tragödie, die ungewollt auf der Bühne des Lebens aufgeführt wird. Klar, leuchtend und zeitlos ist die Erinnerung in seinen Gedankenstrom eingebettet. Es geht um die allmächtige Liebe. Die keine Zeit kennt, ihr nicht unterworfen ist, weil sie selbst die Zeit ist. Deshalb bleibt dieser Blick in die Vergangenheit in ihm so lebendig wie die ewige Liebe lebt.

Seinerzeit wollen Peter und Katerina für sich und ihre Liebe zusätzlich zu ihrem bestehenden Seelen Haus ein weltliches Haus bauen. Massiv aus Ziegel Mauerwerk, den Stürmen des Lebens trotzend. Nicht groß und prahlerisch soll es werden, sondern errichtet um sich darin wohlzufühlen und zum Geborgensein. Der Außenanstrich des Hauses natürlich in Sonnen gelbem Ton gehalten symbolisiert die Sonne in ihren Herzen. Dazu großflächige Fenster, die viel Licht in die Räume hereinlassen. Vergnügt wollen die beiden zudem auch in der kalten Jahreszeit zuschauen, wenn die wirbelnden Schneeflocken vom Winterwind gegen die Fenster gepeitscht werden.

Mitten in den von Blüten satten Sträuchern umsäumten Garten soll ein Rot blühender Kastanienbaum gepflanzt werden. Unter seinem grünen Blätterdach machen sie es sich im Sommer gemütlich rund um einen stattlichen Holztisch. Entspannen pur in bequemen Stühlen. Ihr Mini-Biergarten, in den sie Freunde einladen zum Grillen, Reden und fröhlich sein. Jedoch: Ein unerfüllter Traum, nur ein Wunsch bleibt es.

Dieses Buch ist ein mit Worten gebautes Haus, in dem ihre Liebe weiter leben kann. Höchste Zeit ist es geworden, dieses Buch über Liebe und Tod zu schreiben, Liebe über den Tod hinaus.

KATERINA Rendezvous mit der Liebe

Frank Neuland

Montag

Das verregnete Wochenende verbringe ich überwiegend mit dem Eintauchen in klassische Musik und Lesen. Vor allem Beethovens kraftvolle Oper Fidelio, gespielt und gesungen vom Chicago Symphony Orchestra & Chorus unter dem Dirigat Sir Georg Soltis entführt mich in eine andere Welt. Lässt mich träumen von einer Frau, die mich wie Leonore ihren Florestan aus der Dunkelheit befreit. Die dem Leben außergewöhnlichen Glanz und ein Hochgefühl verleiht. Aber diese Gedanken zeichnen wohl das Bild einer Fata Morgana. Wie und wo soll es diesen perfekt zu mir passenden, mich ergänzenden Menschen geben? Es bleibt anscheinend der Kunst vorbehalten, ein solches Ideal zu besingen und zu beschreiben, um dadurch einen Leitstern zu erschaffen. Nur – die Realität sieht halt anders aus. Viele in meiner Umgebung halten mich deshalb in dieser Hinsicht für einen Träumer. Aber mir tut es gut, das Unmögliche zu träumen. Was soll falsch daran sein? Dieses romantische Gefühl ist ein Teil von mir und will ausgelebt werden. Es lässt sich nicht so einfach unterdrücken oder gar ausschalten wie eine Nachttischlampe. Bereits seit meinem fünfzehnten oder sechzehnten Lebensjahr habe ich das untrügliche Gefühl, eines Tages eine Erfahrung zu machen, wie sie die wenigsten Menschen in ihrem Leben durchlaufen.

Nun stehe ich also an diesem grauen Montagmorgen unschlüssig im Nieselregen am Ausgang der Tiefgarage an der Oper in Münchens Stadtmitte. Die Farbe Grau mag ich nicht, weil ich sie für melancholisch halte. Außerdem ist Grau die bevorzugte Farbe des Alltags. Da können die Modeleute tausend Mal sagen, grau wäre elegant. Das mag für andere zutreffend sein, doch mich kann man damit nicht locken. Von quälerischer und sinnentleerter Arbeit befreite Tage entsprechen mir, wie vermutlich der Mehrheit der Menschen, dafür umso mehr. Ich bin in einer glücklichen Lage. An meinem derzeitigen Beruf schätze ich vor allem die persönliche Freiheit, die mir die Selbständigkeit schenkt. Ich überlege. Soll ich gehorsam sofort in mein Büro gehen oder noch einen Kaffee und ein kleines Frühstück im Waldheimer, meinem Lieblingsbistro, zu mir nehmen? Wenn ich es recht überlege, bin ich noch nicht in der richtigen Stimmung fürs Büro. Hat man schon, so wie ich, die Möglichkeit zu wählen, ist doch auf jeden Fall die angenehmere Variante zu bevorzugen. Also drücke ich mich in Ermangelung eines Regenschirms an die Häuserzeilen und eile dem Frühstück entgegen. Einige Gäste halten sich bereits im Bistro auf. Mein Stammplatz in der Ecke jedoch ist frei, so als hätte er mich bereits erwartet. Dort sitze ich besonders gern, denn von hier aus kann ich das gesamte Restaurant überblicken. Ich fühle mich im Waldheimer gut aufgehoben. Das Ambiente stimmt ebenso wie die Speisen und die Getränke und nicht zuletzt kann man hier interessante, weltoffene Leute antreffen. Otto, der Besitzer, begrüßt mich schon beim Eintreten herzlich. Wir wechseln einige freundliche Worte miteinander, dann bestelle ich Quiche Lorraine. Zum Frühstück eine richtige Kalorienbombe, aber ein lukullischer Leckerbissen, für den Ottos Restaurant zu Recht berühmt ist. Ungefragt bringt er neben dem bestellten Haferl Kaffee ein kleines Glas Elsässer Gewürztraminer. Perfekt passend zur Quiche. Darüber hinaus verschont er mich heute mit immobilienbezogenen Fragen, auf deren Beantwortung ich so gar nicht erpicht bin. Ich bin zufrieden und vertiefe mich in eines der ausliegenden Boulevardblätter.

Aus den Augenwinkeln sehe ich eine junge Frau aus der Schwingtür zur Küche kommen. Bisher ist sie mir im Waldheimer noch nicht aufgefallen oder ich habe sie bisher nicht richtig wahrgenommen. Also, so schließe ich messerscharf wie Monsieur Hercule Poirot, Romanfigur der berühmten britischen Schriftstellerin Agatha Christie, ist sie eine neue Mitarbeiterin. Meine Augen streifen kurz über ihre Erscheinung. Sie hat eine gute Figur, trägt eine weiße Bluse und über ihren Jeans wie in französischen Bistros üblich eine lange weiße Schürze. Geschickt balanciert sie ein großes Tablett mit appetitanregenden, belegten Baguettes zur Eingangstür, die wohl für die unmittelbar neben dem Bistro befindliche kleine Schänke bestimmt sind. Nur einen kurzen Blick kann ich in ihr schmales Gesicht werfen, das einen leicht erschöpften Eindruck auf mich macht. Womöglich, schätze ich, hat sie vergangenes Wochenende etwas zu kräftig gefeiert.

Gut, dass ich ausreichend gefrühstückt habe an diesem typisch unerfreulichen Montag, denn zum Mittagessen wird es vermutlich heute zeitlich nicht reichen. Unsere Sekretärin überfällt mich gleich mit mehreren Notizen, kaum dass ich die Tür hinter mir geschlossen habe. Alle Anrufer wollen selbstverständlich möglichst sofort einen Rückruf erhalten. Mein Partner Hubert ist noch nicht im Büro anwesend. Das wundert mich, denn Montag ist der Tag in der Woche, an dem er gewöhnlich schon sehr früh auftaucht. Er regeneriert sich montags von den Schimpf- und Nörgeltiraden, mit denen ihn seine zänkische Ehefrau am Wochenende traktiert. Es ist immer wieder das eine grobe Lied, das sie ihm vorsingt: „Hubert, friss nicht so viel!" Ihn jedoch andererseits Sonntagnachmittags zum ausgiebigen Kuchen- und Tortengenuss nötigt. Im Gegenzug revanchiert er sich, indem er sie als meine Xanthippe verspottet.

In Partnerschaft bauen wir qualitativ hochwertige Eigentumswohnungen im Raum München. Am Wochenende besuchen regelmäßig einige Wohnungskäufer ihr zukünftiges Objekt. Es bleibt deshalb nicht aus, dass sie bei dieser Gelegenheit tatsächliche oder vermeintliche Mängel am Bauwerk finden. Die Handwerker streiten wie üblich das Meiste ab, oder schieben die Schuld auf andere am Bau Beteiligte, und der Bauleiter will es sich bewährter Weise mit niemandem verderben. Oder es taucht bei den zukünftigen Eigentümern plötzlich der Wunsch nach baulichen Änderungen auf. Es macht halt einen großen Unterschied, ob man die Wohnung nur auf dem Bauplan oder in der Realität im Rohbau oder nach Fertigstellung betrachten kann. Kurz und gut, einer muss diese manchmal unangenehmen Angelegenheiten regulieren, und das bin ich. Hubert drückt sich davor, so bleibt diese Tätigkeit verantwortlich an mir hängen. Schließlich haben aber ungeachtet der internen Aufgabenverteilung unsere Kunden ein Anrecht auf eine sach- und fachgemäße Ausführung der Arbeiten. Als beste Lösung der Probleme erweist sich auf jeden Fall die sofortige Bearbeitung der Dinge. Die das Projekt finanzierende Bank erwartet ebenfalls einen Rückruf. Der Kreditsachbearbeiter braucht schon wieder weitere, ergänzende Unterlagen. Ich verschiebe diesen Anruf auf später, sobald mein Partner im Büro ist und ich die Angelegenheit mit ihm besprechen kann.

Den dicken Hubert habe ich über meinen guten Bekannten Erich, Rechtsanwalt von Beruf, kennengelernt, welcher mir bereits bei mehreren, teils unangenehmen rechtlichen Schwierigkeiten aus der Patsche half. Erich ist kein brillanter Jurist. Er versteht es aber, juristischen Sachverhalten die Trockenheit und den teils kalten Ernst zu entziehen. Vielmehr ist er der geborene Kuppler und Mediator. Eine sehr erfolgreiche Partner-und Heiratsvermittlung zu betreiben oder in der Politik tätig zu sein, liegt ihm sicher genauso. So jedoch belabert er Richter und Staatsanwälte zum Vorteil seiner Mandanten. Reich wird er damit im Gegensatz zu manch anderem seiner Kollegen aber nicht. Sehr zum Ärger seiner introvertierten Ehefrau Ruth, einer „studierten Püschologin", wie Erich sie des Öfteren boshaft bezeichnet. Sie entstammt einer recht wohlhabenden schwäbischen Familie. Seine Frau auch mal vor Freunden und Bekannten bloß zu stellen, bereitet Erich durchaus Vergnügen. Unverschämt, wie er auch sein kann, nimmt er allerdings gerne die finanziellen Vorteile wahr, die ihm diese Verbindung bietet. Im Grunde bedaure ich sie, denn diese Behandlung hat sie eigentlich nicht verdient. Doch weiß ich andererseits nicht, was zwischen den beiden hinter den Kulissen ihrer Ehe vor sich geht. Also halte ich mich lieber aus der Parteinahme heraus.

Und nun ruft mich Erich eines schönen Tages an und sagt:

„Peter, ich habe einen sehr interessanten Typen für Dich! Er scheint offensichtlich über beträchtliches Immobilienvermögen zu verfügen, und heißt Hubert. Vielleicht kannst Du mit ihm zusammen das Geschäft ausweiten. Gehen wir doch morgen zusammen mit ihm zum Essen." Erich, das Schlitzohr, hat hinsichtlich der Essenseinladungen einen bestimmten Trick drauf. Er schätzt es außerordentlich, das Mittagessen in größerer Runde zu genießen. Vor allem in Gesellschaft ihm bekannter Frauen, die er aus diesem Grund einlädt. Wenn der Kellner oder die Kellnerin schlussendlich mit der Rechnung am Tisch steht lautet sein an die Männer gerichteter Standardspruch: „Die teilen wir uns..." Damit meint er selbstverständlich die Rechnung, nicht die Frauen. Gewisse Annehmlichkeiten im Hinblick auf letztere behält er sich nämlich alleine vor. Er geht allerdings so geschickt vor, dass er von seiner Hauszierde noch nie auf frischer Tat erwischt worden ist.

Einen bescheidenen Ausgleich für die aufgezwungene Rechnungsteilung schafft er durch den Gspritzten, Wein mit Mineralwasser, den jeder Besucher jederzeit in seinem Büro serviert bekommt. Ob dieser will oder nicht. Eigentlich unnötig ist die Feststellung, dass natürlich der Anteil des Weins in der Schorle denjenigen des Wassers bei weitem übersteigt. Wenn ich einen Termin mit ihm in seiner Kanzlei ausmache, versuche ich diesen immer auf den späten Nachmittag zu legen. So beeinträchtigt der Gspritzte nicht gleich den ganzen Tag.

Bisher führe ich allein kleinere Bauvorhaben durch; mit einem finanzstarken Partner eröffnen sich natürlich neue, wesentlich größere Möglichkeiten. Allerdings muss ich den Mann zunächst dahingehend unter die Lupe nehmen, ob die Chemie zwischen uns stimmt, und ihn erst im Anschluss mehr oder weniger überzeugen, dass hier ein lukratives Geschäft auf uns wartet.

„Es gibt in München ja so gut wie keine Grundstücke mehr", knurrt er, als wir im

China-Restaurant Jade zusammentreffen. Taxierend sieht er mich durch seine goldgeränderte Brille an. Ich erwidere seinen kühlen Blick, lasse mir gleich von Anfang an nicht die Butter vom Brot nehmen.

„Das halte ich für ein Gerücht", entgegne ich betont lässig. Ich mache eine künstliche Pause. „Innerhalb von vier Wochen besorge ich ein geeignetes Grundstück", wage ich mich aufs eigentlich dünne Eis.

Ein wenig vorlaut ist das schon von mir. Im Gegensatz zu heute sind Grundstücke, die mit einem Mehrfamilienhaus mit bis zu acht Wohnungen bebaubar sind, und daran bin ich letztlich interessiert, in München zwar noch nicht Mangelware. Doch liegen sie auch nicht wie Sauerbier herum. Wer wagt gewinnt, denke ich mir und schaue Hubert, der mit seinen etwa 160 Kilogramm wie ein Buddha an der Stirnseite des Tischs thront, unverwandt in seine wasserblauen Augen, die mich jetzt hinter den blitzenden Brillengläsern durchaus interessiert, aber auch prüfend betrachten.

Einige Sekunden verstreichen, dann nimmt er die Herausforderung an.

„In Ordnung", sagt er nachdrücklich. „In vier, maximal sechs Wochen sehen wir weiter! Wenn ...".

Erich beobachtet aufmerksam das Kräftemessen, das während diesem kurzen Gespräch stattfindet. Zufriedenheit macht sich jetzt auf seinem Gesicht breit. Nun widmen wir uns bei gelöster Stimmung unserem Essen. Hubert bestellt eine doppelte Portion knusprige Ente mit Gemüse und Reis. Sein im Laufe der Jahre mühsam erworbenes Körpergewicht will schließlich ordentlich verpflegt und erhalten werden. „Ich übernehme die Rechnung!", lasse ich nach dem Essen verlauten und werfe dabei Erich dieses Mal einen dankbaren und erfreuten Blick zu.

Erich klärt mich weiter darüber auf, dass der Dicke mehrere Mietshäuser besitzt, die ihm und seiner Familie ein sorgenfreies Leben, Haus und S-Klasse-Mercedes, auf den er besonders stolz ist („Mein Fünfhunderter!"), ermöglicht. Mit diesem Partner ist die Finanzierung zukünftiger, vor allem größerer Baumaßnahmen höchstwahrscheinlich ohne sonstige Umstände möglich. Ich mache mich deshalb unverzüglich auf die Grundstückssuche, schließlich habe ich nicht vor, mich zu blamieren und die sich bietende Chance zu vertun. Das Glück ist mit den Tüchtigen, denke ich gut gelaunt. Und tatsächlich: Rechtzeitig finde ich ein im südöstlichen München gut gelegenes Grundstück, auf dem ein ansprechendes 6-Familien-Haus entstehen kann. Ich gebe Hubert sofort Bescheid. Es gilt auch keine Zeit zu verlieren, denn wir sind nicht der einzige Interessent für das Objekt. Dessen Preis bewegt sich zudem am unteren Ende dessen, was marktüblich ist. Hubert reagiert sofort. Er hat also ernsthaftes Interesse an einer Zusammenarbeit. Wieder treffen wir uns im Jade. Hubert zeigt sich beeindruckt und Erich nutzt die Gelegenheit, zwei seiner bevorzugten Ladys auf meine Kosten zum ausgiebigen Dinner einzuladen. Umgehend gründen wir eine Bauträgergesellschaft, unter deren Dach wir die aktuelle Maßnahme und zukünftige weitere durchzuführen gedenken.

Wir überzeugen in intensiven Gesprächen die Verkäufer des Grundstücks, dass es bei uns in den richtigen Händen ist und treffen uns mit dem Ehepaar kurzfristig zur Beurkundung des Verkaufs beim Notar. Von nun an gibt es für Hubert und mich eine

Menge zu besprechen und zu organisieren. Vor allem brauchen wir dringend einen einfallsreichen Architekten. Einen zuverlässigen Künstler, der aber die Bodenhaftung nicht verloren hat. Hubert lädt mich in sein zentral in der Stadtmitte gelegenes Büro ein. Von dort aus können wir die erforderlichen Schritte einleiten. Kreditmäßig wird dieses erste Geschäft in unserer Partnerschaft von der Gewerkschaftsbank begleitet, zu der Hubert einen guten Kontakt hat. Zu seiner Hausbank, einer Hypothekenbank, will mich der alte Fuchs zu diesem Zeitpunkt noch nicht bringen. Zufällig ergibt sich wenig später für mich die Gelegenheit, ein neben Huberts Büro befindliches Ein-Zimmer-Büro zu übernehmen, das der bisherige Mieter aus Altersgründen aufgibt. Nach Rücksprache mit der Hausverwaltung schaffen wir einen Durchgang und können uns von nun an direkt verständigen. Mit diesem Büro bin ich beruflich endgültig in der bayerischen Landeshauptstadt angekommen.

Hubert zaubert einen merkwürdigen Architekten herbei. Woher er ihn kennt, bleibt im Nebel. Sein Verhalten gibt mir Rätsel auf. Im Gegensatz zu Hubert weiß ich nicht so recht, was ich von diesem Mann halten soll.

Spleenig an ihm sind jedenfalls sein momentan abenteuerliches Aussehen und sein Lebenslauf, den er nach etlichen Halben Löwenbräu in Eddi Reinbolds Franziskaner Poststüberl zum Besten gibt. Ja, ein Abenteurer, das ist er. Erst vor kurzem aus der Türkei zurückgekehrt, wo er angeblich für die Planung und Bauleitung eines Serail die Verantwortung trägt, braucht er einen Anschlussauftrag. Dringend, denn die fixen Jungs an der türkischen Riviera prellten ihn um gut die Hälfte des vereinbarten Honorars. Zumindest sieht er ein, dass er sich auf keinen Rechtsstreit, weil nicht zu gewinnen, einlassen kann und darf. Mit verschwörerischem Grinsen deutet er an, dass das Serail wohl weniger als orientalischer Fürstenpalast denn als Luxusbordell hohen Gästen dienen soll. Sei es drum – uns gefällt diese Story allemal. Der Architekt wohnt in einem kleinen Dorf, etwa fünfzig Kilometer von München entfernt. Dort hat er für wenig Geld ein aufgelassenes Schulhaus erworben, in welchem er mit seiner bildhübschen Frau und zwei aufgeweckten Kindern lebt. Als ich zu einem späteren Zeitpunkt seine Frau kennen lerne, bin ich total verblüfft, wie es diese attraktive Frau mit diesem Bruder Leichtfuß aushält.

Unser Bauvorhaben rechnet sich. Trotz des Architekten. Der kalkulierte, zu erwartende Gewinn übersteigt sogar erfreulicherweise unsere Erwartung. Prompt erleide ich einen Anfall von Größenwahn. Ein neues, repräsentatives Auto muss her. Angestachelt durch den Dicken bestelle ich ebenfalls einen Achtzylinder aus dem Hause Mercedes-Benz. Allerdings das Modell mit dem kleineren Motor. Ja, es geht mächtig aufwärts mit dem unbewanderten Mann vom Land. Aufgewachsen in einer kleinen Stadt mit kaum zehntausend Einwohnern im S-Bahn-Bereich habe ich mir dort ein kleines, aber solides Glück geschaffen. Doch der Spatz in der Hand ist mir nicht genug – mich lockt die Taube auf dem Dach. So erweist sich der Sog der nahen Großstadt mit ihren breitgestreuten Verlockungen als unglaublich stark. Seit ich frühzeitig beruflich in der Finanzbranche aufgewachsen bin, fasziniert mich die Millionenstadt, in der fraglos Verdienstmöglichkeiten in einer verhältnismäßig gehobenen Größenordnung und in einem wesentlich kürzeren Zeitraum bestehen, als dies auf dem Land möglich ist. Deshalb halte ich meine Nase in den abgasgetränkten Großstadtwind und nehme die Witterung auf, um das große Geld zu scheffeln. Es dauert einige lange Jahre, bis ich mich durch die vielen, teils irreführenden Wege hindurchgearbeitet habe. Dass ich dabei auch manche Dornenhecke überwinden musste, zeigen die tiefen Kratzer in mir. Doch jetzt bin ich in jenem Teilbereich beruflichen Wirkens angekommen, der mir zu diesem Zeitpunkt am meisten entspricht. Ich beschließe, auf ruhig und im grünen Umfeld gelegenen Grundstücken architektonisch ansprechende Mehrfamilienhäuser mit nur wenigen Wohnungen in den Gebäuden zu bauen, die ihren Bewohnern Komfort und Geborgenheit bieten.

Helena oder Katerina

An diesem heißen Sommertag liege ich auf einer großflächigen Decke am kiesig-sandigen Ufer der Berounka, welche die ehemalige Königsstadt Beroun, dreißig Kilometer südwestlich von Prag gelegen, durchfließt. Über mir spannt sich ein makellos blauer Himmel. Die Sonne tut ihr Bestes, meine Haut zu bräunen. Ich liebe das blendende Sonnenlicht und die wohlige Hitze, kann nicht genug davon bekommen. Wasser plätschert über eine Stromschnelle. Ansonsten zieht der Fluss ruhig und unbeirrbar nach Norden, der Moldau entgegen. Sooft es zeitlich möglich ist, fahren wir in den Sommermonaten hierher. Heute fühle ich mich aber nicht wohl, kann den herrlichen Tag nicht richtig genießen. In meinem Kopf und in meinem Herz rumort es gleichzeitig.

Am Ufer steht der Mann, dem ich verfallen bin. Ich habe mir in den Kopf gesetzt, ihn zu heiraten. Die Frau von einem der begehrtesten Junggesellen des Landes zu werden. Seit nunmehr zwölf Jahren liebe und begehre ich ihn. Ich will endlich seine Ehefrau werden, nicht nur an seiner Seite leben. Für ihn und die Öffentlichkeit bin ich immer nur seine Freundin. Er wirft unermüdlich flache Steine über die Oberfläche des Wassers, versucht sie zu einer Reihe von Sprüngen zu bringen. Er ist jetzt wie ein Kind, völlig in sein Spiel versunken. Ich bin froh, dass er momentan so beschäftigt ist.

Tiefe Traurigkeit überfällt mich urplötzlich. Salzige Tränen schießen in meine Augen. Schnell setze ich meine Sonnenbrille auf. Ich will nicht, dass er mich so sieht. Mich mit seinem treuen Hundeblick ansieht und mich womöglich bedauernd fragt, was mich bewegt. Dabei weiß er es genau. Er muss es zweifellos wissen. Ich habe es ihm schon zahllose Male erklärt. Deshalb soll die Sonnenbrille auch die schreckliche Hilflosigkeit in meinen Augen verbergen, falls er zu mir herüber sieht. In meinen Augen kann jeder den Zustand meiner Seele erkennen.

Er ist ein großes Kind, das immer nur spielen will. Spielen vor allem mit der Musik, seiner großen Leidenschaft und einzigen, großen Liebe. Daneben das Spielen mit den Frauen, die es danach drängt, ihm nahe zu sein. Dem begehrenswerten Sänger. Ihm nahe sein zu dürfen, ihn womöglich sogar zu berühren oder von ihm berührt zu werden. Manchmal gelingt es einer seiner Bewunderinnen, ihre Augen in die seinen zu versenken. Hallo Du – bitte nimm mich, lautet die auffordernde, unverhohlene Botschaft. Nimm mich als Geschenk. Du kannst alles und noch mehr von mir haben und mit mir machen. Schamlos bieten sie sich ihm an, sehen nur die Oberfläche, den schönen Schein. Und er? Er nutzt hemmungslos die Gunst des Augenblicks.

Wie oft habe ich das nun schon erlebt, erleben müssen. Oder besser gesagt, erduldet und, ja, auch darunter gelitten. Doch mein Verstand sagt mir, dass er in den Momenten seines Triumphs als Sänger nichts und niemanden wirklich wahrnimmt – außer sich selbst, er ist sein eigenes, abgeschlossenes Universum. In welchem sich sein Ego aufbläht, zur Riesensonne wird, die alles andere um sich herum verbrennt.

Ich halte es nicht mehr aus, es zerreißt mich innerlich. Ich bin jetzt achtundzwanzig Jahre alt. Was und wer bin ich eigentlich? Seine Lebensgefährtin oder womöglich nur seine Geliebte. Meinen erlernten Beruf als

Hotelfachfrau habe ich ihm zuliebe aufgegeben. Er verwöhnt mich zwar in materieller Hinsicht. Was aber bietet er mir tatsächlich an, wenn er, wie er sagt, für mich ein Haus kaufen will, in dem ich wohnen und leben kann? Es bleibt aber in seinem Eigentum: Vielleicht gedenkt er mich damit zu beruhigen oder, was ich fast nicht zu denken wage, will er mich damit kaufen? Für ihn ist es außerdem recht bequem. Wenn er dann von einer seiner Tourneen zurückkommt, so hat er gleich ein warmes Nest parat, in dem er Kraft tanken und sich von den anstrengenden Auftritten erholen kann. Und von den erotischen Abenteuern – da mache ich mir keine Illusionen. Treue erwartet er, wenn ihm der Begriff überhaupt etwas bedeutet, nur von mir.

So habe ich mir mein Leben auf Dauer ganz und gar nicht vorgestellt. Als ich damals im Alter von knapp sechzehn Jahren schrecklich aufgeregt an einem Sonntagvormittag einfach an seiner Wohnungstür klingele, um ihm ungeniert zu eröffnen, dass ich ab sofort seine Freundin sein werde, starrt er mich zunächst sprachlos mit großen Augen an. Seine Wohnadresse erfahre ich in einem Musikclub, in welchem er auftritt. Dem

Barmann schöne Augen gemacht und schon weiß ich, wo er zu Hause ist. Meine Eltern dürfen von meiner geplanten Eroberung natürlich nichts wissen. Ich stelle mich jedoch so geschickt an, dass ich erst mit der Wahrheit herausrücken muss, als es für Vorhaltungen zu spät ist und ich bereits seine feste Freundin bin. Meine Mutter zetert los und zeigt offen ihre Ablehnung, mein Vater schmunzelt nur verständnisvoll. Gleichzeitig verrät mir jedoch sein intensiver Blick in meine Augen, dass er sich um meine Zukunft Sorgen macht.

Wie er damals in seiner Wohnungstür stehend mich mit seinen Augen regelrecht verschlingt, mich in der Folgezeit umwirbt und umschmeichelt, so bleibt dieser Zustand nur die ersten Jahre bestehen. Er ist von mir begeistert und nach meinem Körper verrückt, und besorgt sich für sein Auto ein Kennzeichen mit dem Jahr unseres Kennenlernens. Doch später tritt Gewöhnung ein. Wenn ich es mir richtig überlege fehlt mir vor allem die Tiefe in seinen Gefühlsäußerungen. Er lässt sich nicht voll und ganz auf mich ein. Die vielen anderen jungen Frauen, die ihn umschwärmen, tun natürlich das Ihrige dazu. Andererseits zeigt er sich gerne mit mir. Verhält sich galant mir gegenüber. Und ich genieße die öffentliche Aufmerksamkeit, die mir an seiner Seite entgegen gebracht wird. Ich achte auch auf mein Aussehen, Frisur, Kleidung und Schuhe. Ja, stolz ist er sicher auf mich, doch wenn das alles ist...

Mein sehnlichster Wunsch bleibt bisher unerfüllt: Seine Ehefrau zu sein. Und zwar auf die altmodische Sicht- und Denkweise. Unsere Seelen untrennbar miteinander verbunden, erst der Tod darf das Band zwischen uns auseinanderreißen. Daraus folgende bedingungslose Liebe wünsche ich mir derart inständig, dass mich ihr Fehlen körperlich und seelisch schmerzt.

Ich habe die Gelegenheit nicht wahrgenommen, mich vor neun Jahren, mit neunzehn, von ihm zu trennen. Ich bin schwanger, bin selig, möchte das Kind uneingeschränkt als Zeichen unserer Liebe. Als ich die Nachricht von meiner Ärztin erfahre, gibt er gerade ein auswärtiges Konzert. Ich erwarte seine Rückkehr aufgeregt wie ein Kind, das auf die Geschenke an Weihnachten wartet. Ich habe schließlich auch ein Geschenk für ihn, das Schönste und Wertvollste, das eine Frau neben ihrer Liebe ihrem Mann machen kann. Als er dann nach Hause kommt, sieht er mich unsicher an. Er fühlt wohl den besonderen Zustand, in dem ich mich befinde. Ich nehme ihn bei der Hand, küsse ihn und enthülle ihm die sensationelle Glücksnachricht.

Seine Reaktion erschreckt mich. In seinem Gesicht verliert sich schlagartig das Lächeln. Entgeistert sieht er mich an. Es ist, als träte er innerlich einige Schritte zurück. In diesem Augenblick wird mir klar, dass er sein Kind, unser Kind, ablehnt. In mir bricht eine Welt zusammen. Ich erstarre innerlich, fühle mich erbärmlich und bekomme ernsthaft Angst. Auch ein gemeinsames Kind kann nichts daran ändern, dass es nicht in sein Leben passt, wie er sich sein Leben vorstellt. Und ich bin einfach zu jung, um dessen Tragweite umfassend zu begreifen.

Später versucht er zu retten, was er meint retten zu sollen. Doch alles Gerede läuft letztlich nur darauf hinaus, die Schwangerschaft abzubrechen. Das riesengroße Ego dieses Mannes sieht nur die eine Seite, nämlich die seine. Was er nicht alles an Argumenten hervorkramt, warum es unmöglich ist, dieses Kind auf die Welt zu bringen. Als er in den folgenden Tagen seine stärkste Trumpfkarte einsetzt und eine Trennung andeutet, wird mir klar, dass ich und das Kind das böse Spiel verloren haben.

Kurz darauf vereinbart er bereits einen Termin im Krankenhaus. Der Oberarzt steht dem allseits beliebten Mitglied der Gesellschaft auch in dieser Hinsicht gerne zu Diensten. Gleichzeitig mit der Abtreibung erfolgt ein weiterer chirurgischer Eingriff in meinen Unterleib. Nachdem ich aus der Narkose erwache, geschieht Merkwürdiges mit mir. Ich weiß zunächst meinen Namen nicht mehr. Angestrengt denke ich nach. Dann fällt er mir wieder ein. Katerina heißt du, sage ich laut vor mich hin. Ein undefinierbares Gefühl sagt mir jedoch, dass irgendwas hier nicht stimmig ist. Nach weiterem Überlegen komme ich drauf. Mein Vorname lautet von Geburt an Helena. Wie komme ich nur auf Katerina? Ich habe auch keine Schwester oder Freundin mit diesem Vornamen. Allerdings gibt es in meiner Familie eine Katerina, meine Großmutter väterlicherseits. Sie ist recht jung im Alter von nur siebenunddreißig Jahren an Tbc gestorben.

Der Name Katerina verfolgt mich, setzt sich in meinem Kopf fest und lässt mich nicht mehr los. Ich beschließe, meinen Vornamen Helena mit Katerina auszutauschen. Dieser Wunsch wird so stark in mir, dass ich beim Bezirksnationalausschuss unverzüglich die Genehmigung zur Änderung meines Geburtsnamens beantrage, was anstandslos genehmigt wird. So wird aus der Helena die Katerina.

Da liege ich nun im flirrenden Sonnenlicht am beruhigend murmelnden Fluss und wälze meine Probleme. Ich muss zu einem Ergebnis kommen. Deshalb stellt zum Abschluss der Vorstellung mein Herz die entscheidende Frage. Die Liebesfrage. Liebt er mich? Oder will er sich nur mit mir schmücken? Oh ja, seiner Zuneigung kann ich sicher sein. Aber genügt mir das auf Dauer? Ich hingegen bin bereit, mich ihm voll und ganz hinzugeben, ohne Bedingungen. Das habe ich ihm mehrmals deutlich zu verstehen gegeben. Sobald ich von ihm ebenfalls eine ganz klare Antwort verlange, weicht er mir dagegen aus.

Das alte Trauma taucht jetzt groß und bedrohlich in meinem Verstand und Herz auf. Damals, als er anlässlich meiner Schwangerschaft Trennungsabsichten angedeutet hat. Wird er auch in Zukunft kein Kind mit mir wollen? Oder mich einfach verlassen, wegen einer anderen Frau. Eine, die ihm besser gefällt. Ihm den Reiz des Neuen bietet? Will ich womöglich darauf warten, eines Tages diesen Schock erleben zu müssen?

Ein Schauer eisiger Kälte durchzieht meine Seele und meinen Körper. Du bist blind gewesen, sagt meine innere Stimme. Du bist einer trügerischen Hoffnung aufgesessen. Sieh endlich die Wahrheit. Mein Herz schmerzt, verkrampft sich. Die Beziehung zu ihm platzt wie eine Seifenblase. Ja, auf seine Art und Weise liebt er mich, lässt er mich für Augenblicke in sein Herz schauen. So, wie er seine sentimentalen Lieder zum Besten gibt. Um dem Publikum eine heile Welt zu suggerieren. Aber ich bin nicht die Frau, für die er auf dem Altar der Liebe das Opfer bringt. Meine Tränen versiegen und ich verschließe mich vor ihm.

In meinem Herzen tönt eine Melodie, die ich liebe. Barbra Streisand singt ihre Popballade Woman in Love. Sie singt sie dieses Mal nur für mich. Tränen schießen in meine Augen.

Life is a moment in space
When the dream is gone
It`s a lonelier place
I kissed the morning goodbye
But down inside
You know we never know why

So schnell es mir möglich ist, werde ich handeln und fliehen. Weg von ihm, weg aus meiner Heimatstadt Prag. In Gedanken plane ich die weiteren Schritte. Nach Deutschland, nach München werde ich fahren, denn ich kenne diese Stadt bereits von einigen Besuchen her. Außerdem entspricht mir die Mentalität der Menschen dort. Die deutsche Sprache ist kein Problem für mich, weil ich sie bereits einige Jahre in der Schule gelernt habe. Ergänzend kann ich einen Deutsch-Intensivkurs belegen. Mir fällt ein, dass Jan, ein guter und mir sympathischer Bekannter, schon seit längerer Zeit immer wieder äußert, nach München zu wollen. Na also, dann bin ich nicht allein in der fremden Stadt. Ich muss ihn sogleich verständigen.

Bei ihm bin ich mir sicher, dass er mich nicht verraten wird. Finanziell kann ich es in München auf jeden Fall einige Monate, eventuell sogar ein halbes Jahr aushalten. Das erlauben mir meine Ersparnisse. Davon abgesehen, werde ich mir sofort Arbeit suchen, auch wenn die erste Zeit hart werden sollte. Meine Eltern werde ich erst im letzten Moment in meinen Plan einweihen. Ich weiß jetzt schon, wie meine Mutter reagieren wird: „Ich habe es dir ja gleich gesagt, lass die Finger von ihm, es wird nicht gutgehen..." Vater wird bestimmt arg traurig sein, aber er wird verstehen, was in mir vorgeht. Nach einer Zeit des Abstands werde ich meine Eltern in der Stadt, in der ich von nun an nicht mehr leben kann, besuchen. Und telefonieren werden wir oft miteinander, um unsere gegenseitige Sehnsucht zu lindern. Meine Welt hier in meiner Geburtsstadt ist zerbrochen. Ich fühle mich entwurzelt. Was wird mich wohl in der neuen Welt erwarten? Na, was wohl, sage ich mir. Auch dort dreht sich die Erde weiter um die Sonne, kommt der Morgen und darauf folgt die Nacht. Und die Menschen denken bestimmt nicht recht viel anders als die Menschen hier. Gut leben wollen sie und möglichst keine Sorgen haben. Sie suchen Liebe und

Geborgenheit. Doch Vorsicht! Ich darf mir das nicht zu rosarot ausmalen. Neid, Missgunst, Betrug und all die weiteren unerfreulichen Begleiterscheinungen menschlichen Zusammenlebens sind überall auf der Welt vorhanden. Gerade nach der schmerzlichen Erfahrung, die ich in meiner Beziehung mache, muss ich besonders vorsichtig sein, mit wem ich mich zukünftig einlasse. Aber ich bin gewarnt, ich werde schon aufpassen. Wichtig dabei ist nur, dass ich mich nicht absondere und psychisch in ein Schneckenhaus verkrieche.

Freitag eins

Wie er so in der Tür steht, füllt er den Rahmen komplett aus. Ich bemerke ihn zunächst nicht, weil ich in die Ausschreibungsunterlagen zum Rohbau unseres Bauvorhabens vertieft bin. Er räuspert sich, zeigt damit seine Ungeduld.

„Es ist Freitag!" brummt er nachdrücklich. Ich brauche weder in den Kalender noch auf die Uhr zu sehen, um zu wissen, dass es gegen halb elf Uhr vormittags sein muss. Zeit für die obligatorischen Weißwürste drüben beim Franziskaner. Und als Ergänzung zum Bier eine kräftige kubanische Zigarre. Wie fast jeden Freitag. Es ist zum festen Ritual geworden. Ich rauche gelegentlich. Eher einfaches Kraut, wie ich es bei meinem Vater gesehen habe. Hubert hingegen bringt mich der Welt der Luxuszigarren, den Havannas näher. Hinterfotzig, wie es manchmal seine Art ist, überredet er mich zu Beginn unserer Partnerschaft dazu, eine der berühmten Davidoffs zu genießen. Seine Lieblingszigarren. Arglos nehme ich sein trügerisches Angebot an. Nun, ich kann nur sagen, der Genuss hält sich in sehr, sehr engen Grenzen. Mir ist nicht bekannt, dass Anfänger Zigarren solchen Kalibers nur sehr vorsichtig rauchen sollen oder besser gesagt dürfen. Schon gar nicht zur Gänze. Ich jedoch quäle mich bis zum Ende. Das Ergebnis ist, dass mir heiß und kalt wird und ich heftig zu schwitzen anfange. Zum Schluss ist mir richtiggehend schlecht. Ich nenne das eine Nikotinvergiftung. Hubert bekommt diesen Zustand natürlich mit, belauert mich, um mich allerdings erst dann scheinheilig zu belehren, als es bereits zu spät ist. Anerkennend vermerkt er jedoch grinsend, dass ich nicht vorzeitig aufgegeben habe. Später, als ich das Rauchen der Habanos regelrecht lerne, wird die Monte Christo No. 2 meine Lieblingszigarre.

Der unmittelbar hinter dem Eingang des Poststüberl mittig gelegene Tisch ist für uns zu einer Art Stammtisch geworden. Regelmäßig treffen wir uns dort. Ein selbstständiger Dachdeckermeister, der Inhaber einer großen Metzgerei, ein Kriminalhauptkommissar vom nahen Polizeipräsidium in der Ettstraße, ein Bankdirektor, Hubert und ich. Gelegentlich gesellen sich Wolfgang, ein Finanz- und Versicherungsberater und guter Bekannter von Hubert, sowie Rudi dazu.

Wolfgang lebt teilweise immer noch in der Vergangenheit bei der deutschen Wehrmacht. Bei jeder sich bietenden Gelegenheit betont er seinen Offiziersrang als Major und seine Heldentaten im Krieg. Eines Tages ist mir sein Gelaber zu viel. Nicht nur ich möchte sein überholtes Geschwafel weiterhin nicht mehr anhören. Ich nehme einen kräftigen Schluck aus meinem Bierglas, beuge ich mich zu Wolfgang vor, mache ein wichtiges Gesicht und veralbere ihn mit den Worten:

„Ich möchte nur diskret anmerken, dass auch ich einen Offiziersrang habe, und zwar als Oberstleutnant der Reserve bei der Bundeswehr." Das sitzt. Verblüfft sieht er mich an. Ein Oberstleutnant steht in der Hierarchie eine Stufe über dem Major. Doch schon von meinem Alter her kann das eigentlich schwerlich sein. Da setze ich noch eins drauf. „Nächsten Faschingsdienstag komme ich in meiner Paradeuniform." lasse ich ihn mit ernstem Gesichtsausdruck wissen. Seitdem hasst er mich. Eigentlich ein kindisches Spiel, das ich hier treibe, aber es verfehlt seine Wirkung nicht, denn zukünftig hasst er mich zwar, aber gleichzeitig verschont er uns alle mit seinen uninteressanten Ergüssen.

„Rudi Ratlos" ist mit Hubert über mehrere Ecken verwandt. Hubert nennt ihn mit diesem Spitznamen, weil Rudi oft fragend zu ihm kommt. „Hubert, du, ich bin ratlos. Ich weiß nicht, was ich jetzt tun soll. Meine Frau..."

Ja, seine Frau. Rudi steht voll und ganz unter dem Pantoffel. Seine Josefa, ein leicht schielender Drache, verfolgt jeden seiner Schritte. Sie ist eifersüchtig und dominant. Wenn er von seinem nahe gelegenen Taschen-und Ledergeschäft einen kurzen Abstecher in den Franziskaner macht, vermutet sie misstrauisch, dass er nach anderen Frauen Ausschau hält, was durchaus zutreffend ist. Rudis Attraktivität als Mann hält sich jedoch in engen Grenzen, was vorwiegend dem Überbiss seiner riesigen gelben Zähne zuzuschreiben ist. Zwei wichtige Punkte halten ihn davon ab, sein Pferdegebiss in einen ansprechenden Zustand bringen zu lassen. Erstens seine Josefa, der dieser Zustand gleichgültig ist und die deshalb diese Geldausgabe als unnötig erachtet. Außerdem, so ihr Kalkül, würde er damit nicht leicht bei fremden „Weibern" landen können. Womit sie durchaus richtig liegt. Rudi ist zudem das genaue Gegenteil von Erich, dem Rechtsanwalt. Erich ist durchtrieben, charmant und clever, kann die Frauen umgarnen. Rudi hingegen ist schrecklich plump im Umgang mit dem weiblichen Geschlecht. Ergibt sich für ihn eine der seltenen Gelegenheiten zum Gespräch mit einer Eva, lassen seine gierigen Blicke überdeutlich erkennen, dass er sie am liebsten sofort bespringen würde. Zweitens ängstigt er sich vor der wohl richtig vermuteten langwierigen und schmerzhaften Behandlung durch einen Zahnarzt, der sein Handwerk womöglich mangelhaft ausübt.

Der Banker ist überfreundlich, aalglatt und verschlagen. Mich befällt von Anfang an eine massive Abneigung gegen ihn. In seiner Gegenwart bekomme ich nach kurzer Zeit Sodbrennen. Deshalb achte ich wenigstens darauf, möglichst entfernt am anderen Tischende von ihm zu sitzen. Hubert hingegen verhält sich ihm gegenüber diplomatisch. Vielleicht, sagt er zu mir, können wir den Typ eines schönen Tages noch brauchen. Wir stecken ihm einige große Scheine zu und schwatzen ihm einen für uns vorteilhaften Kredit für ein großes Objekt ab. Ich verkneife mir eine Antwort.

Es kommt so, wie es wohl kommen muss und meistens der Fall ist. Für ein Weiß-wurstfrühstück ist eine Stunde angemessen, ja sogar großzügig bemessen. Mit einem schnellen Blick auf meine Uhr sehe ich, dass deren Stundenzeiger bereits auf vierzehn Uhr steht. Mein schlechtes Gewissen meldet sich. Ich will eigentlich ins Büro. Doch in Gedanken höre ich postwendend Huberts Stimme, die mir befiehlt, jetzt nicht die gute Stimmung zu stören und hier zu bleiben. Auch eine schwer zu widerlegende Begründung liefert sie gleich mit. Diese lautet, dass am Freitagnachmittag sowieso kein vernünftiger Mensch mehr arbeitet. Warum also sollen gerade wir uns das Leben unnötig schwer machen. Dagegen gibt es kein Argument. Ich füge mich wohl oder übel diesem Diktat, was mir ehrlicherweise leicht fällt. Nicht nur das Fleisch ist manches Mal schwach, auch der Wille macht Pause.

Als ich wieder aufblicke, öffnet sich gerade der zum Schutz gegen Kälte vor der Eingangstür, der ich gegenüber saß, innen angebrachte textile Vorhang. Ein Paar betritt das Lokal. Vorneweg ein gut gekleideter Mann, hinter ihm, wie ich annehme, seine Frau, der er höflich den Vorhang aufhält. Nur einen flüchtigen Augenblick sieht sie mich an. Ich bin verloren. In alle Ewigkeit. Ein rasendes Verlangen erfasst mich, nimmt jede einzelne Faser meines Seins in Beschlag. Ein Tsunami der Gefühle. Ich brenne schlagartig lichterloh, sehe, fühle und begehre nur noch sie. Mein Atem stockt.

Die beiden setzen sich an unseren Tisch. Anscheinend sind sie den anderen bekannt. Als ich mich einigermaßen in der Gegenwart wiederfinde, starre ich auf dieses, wie mir scheint Wesen aus einer anderen Welt. Ich höre nur noch ihre Stimme. Intensiv sauge ich ihren Anblick auf. Kornblumenblaue Augen, Zähne wie Südseeperlen, hohe Backenknochen in einem eher schmalen Gesicht mit leicht gebräuntem Teint. Eingerahmt von kastanienbraunem Haar. Diese Stimme! Leicht rauchig, eher dunkel klingend. Mit einem Akzent, den ich spontan nicht einordnen kann. Erotik und Faszination pur. Alle Aufmerksamkeit am Tisch gilt jetzt ihr.

„Wer sind die beiden? Kennst du sie?" frage ich leise den neben mir sitzenden Kommissar. „Ja!" antwortete er ebenso diskret, jedoch spöttisch lächelnd. Er hat mich sogleich durchschaut. Immer noch unverschämt grinsend klärt er mich auf. „Katerina arbeitet gleich in der Nähe, im Waldheimer." Ist das etwa die Mitarbeiterin, die ich dort bereits vor kurzem gesehen habe? Ich kann es mir nicht wirklich vorstellen. Warum sehe ich sie nicht öfter? Die Antwort gibt mir der Kommissar, als er ergänzt, dass sie das neben dem eigentlichen Restaurant befindliche kleine Bistro betreut. Dorthin hat es mich bisher allerdings noch nicht verschlagen.

Die beiden bleiben nicht lange. Sehnsüchtig verfolgen meine Augen und alle Sinne diese faszinierende Erscheinung. In der folgenden, weitestgehend schlaflosen Nacht besucht mich dann der Teufel. Was willst du übergewichtiges Landei mit dieser atemberaubenden Frau, fiel er keifend über mich her. Niemals wirst du sie erobern. Die ist nicht für dich bestimmt. Schau dich doch mal an. Mindestens fünfzehn Kilo zu viel auf den Rippen. Deine spießige Braver-Bubi-Frisur mit peinlich genau gezogenem Linksscheitel.

Vorne werden die Geheimratsecken immer größer, bald wirst du sowieso eine Glatze haben, hahaha. Und wie du dich kleidest – fürs Land mag es ja angehen, aber in der Großstadt zieht man sich schicker an. Mach dich also nicht lächerlich, bleib auf dem Boden. Träumen, ja träumen darfst Du weiterhin von ihr. Das ist aber auch alles.

Er gibt keine Ruhe, hetzt weiter gegen mich. Schau sie dir an, wenn du deinen emotionalen Rausch ausgeschlafen hast. Wie schlank sie ist, wie sie sich sportlich-elegant kleidet, welche bemerkenswerte Aura sie umgibt. Diese Frau hat Geschmack und ist weltoffen. Wenn du genau hinsiehst, wirst du erkennen, dass sie mindestens so groß ist wie du. Meinst du etwa, sie möchte einen Mann, den sie überragt, sobald sie High Heels trägt? Aber vielleicht wird sie für dich ja barfuß laufen... höhnt die Stimme des Boshaften.
Jetzt wird es mir zu bunt. Zorn überflutet mich. Nun will ich es erst recht wissen. Zugegeben, mein Äußeres ist verbesserungsbedürftig. Doch ist das etwa ein unlösbares Problem? Nein! Ich kann es jederzeit ändern. Von einem Moment auf den anderen. Zunehmend werde ich selbstsicherer. Ich

besinne mich zudem auf meine besondere Stärke: Meine unbändige Kraft, mein Durchsetzungsvermögen. Ich muss, ja, die Betonung liegt auf muss, zumindest versuchen, diese Frau zu erringen. Es gibt keinen Ausweg. Und wenn meine Welt zusammen bricht. Hier sind schicksalhafte Mächte am Werk. Sie führen, schützen und unterstützen mich.

Wie bereits gesagt, viel schlafe ich in dieser Nacht nicht. Ich wälze mich in meinem Bett von einer Seite auf die andere. Schlage immer wieder die Bettdecke zurück, weil mir zu warm darunter wird. Diese überwältigende Frau beherrscht seit gestern mein ganzes Denken und Fühlen. Eine Situation wie diese ist mir in meinem bisherigen Leben auch nicht annähernd untergekommen, im Gegenteil, sie ist mir regelrecht fremd. Ja, verliebt bin ich mehrmals gewesen, aber das alles ist harmlos im Vergleich zu diesem exorbitanten Orkan, der mich jetzt erfasst hat. Mein Gehirn öffnet alle Schleusen, produziert körpereigene Drogen in Massen. Ein überwältigender Strom an Glückshormonen verteilt sich in meinem Körper, besetzt jede einzelne Zelle. Werde ich jetzt verrückt? Dabei ist doch überhaupt nicht klar, was die

Zukunft hinsichtlich dieser Frau für mich bereithält. Wenn das so weiter geht, kann ich mich auf ein gehöriges Durcheinander gefasst machen, bricht mein bisheriges Leben zusammen. Erst gegen Morgen zu falle ich in einen kurzzeitigen, aber tiefen Schlaf.

Auftakt

Der nächste Tag, ein Samstag, ist angebrochen. Seit zehn Uhr morgens umkreise ich ihren Arbeitsplatz. Ich fühle mich wie in einem Spiel zwischen Sonne und Erde. Die Sonne, deren strahlende Wärme ich dringend brauche versteckt sich hinter einer undurchdringlichen Wolkenwand. Auf der Erde herrscht überwiegend Schatten. Stunden später räume ich das Feld. Ich muss wohl oder übel bis zum kommenden Montag warten, um dann hoffentlich wieder das Licht der Sonne zu erblicken. Aufgewühlt kann ich nur an sie denken. Ein schneller Gedanke blitzt in mir auf. Vielleicht ist sie drüben im Poststüberl, so wie gestern. Fast im Laufschritt begebe ich mich dort hin. Keiner meiner Bekannten ist anwesend. Schon gar nicht dieses Wesen, meine Sonne. Hallo, Peter, sage ich mir, dreh jetzt nicht durch, versuche einigermaßen beherrscht zu bleiben. Du wirst sie schon finden, sie treffen, deine Göttin, und alles wird gut werden. Mehrmals sage ich es wie ein Mantra auf. Das beruhigt mich. Ich erkenne mich selbst nicht mehr. Das erste Mal in meinem Leben empfinde ich einen Dammbruch der Gefühle für eine Frau. Hier geht etwas grenzenlos Unbegreifliches vor sich, das ich mit meinem Verstand nicht mehr erfassen kann. Nur mein Herz kann es begreifen. Geschehen so Wunder?

Ein scheußliches Wochenende steht mir bevor. Ein Wochenende ohne Katerina. Ich bin in einer anderen Dimension unterwegs und darin regelrecht gefangen. Und wie noch nie bisher sehne ich derart intensiv einen Tag wie den folgenden Montag herbei. Den Vormittag füllt ein nicht enden wollendes Gespräch mit einem Rohbauunternehmer aus. Je länger es andauert, desto heißer fühlen sich die Kohlen an, auf denen ich sitze. Hubert und der Besucher verstehen sich prächtig, kommen vom Hundertsten ins Tausendste. Nach und nach habe ich meinen Partner im Verdacht, dass er meine innere Unruhe spürt und mich vorsätzlich festnagelt. Ich kann mich schlecht auf den Inhalt des Gesprächs konzentrieren. Die Verhandlung andererseits zu verlassen ist nicht möglich, schließlich geht es um erhebliche Vertragssummen, die ausgehandelt werden wollen. Plötzlich kommt mir der rettende Gedanke, als ich an den Magen meines Partners denke. Siehe da, kaum bringe ich diesen Gedanken zu Ende, leitet Hubert das Gespräch zum Abschluss über. Wir sind uns also einig, der schriftliche Vertrag wird geschlossen. Anschließend lädt Hubert den Mann zum Mittagessen ins Spatenhaus ein. Ich entschuldige mich mit dringenden Erledigungen, was letztlich keine Ausrede ist, sondern voll und ganz der Wahrheit entspricht. Ich muss sie sehen. Jetzt!

Nur eines ist für mich wichtig: In der Nähe dieser Frau zu sein, die seit wenigen Stunden mein Leben in einem Maße beeinflusst, wie ich es nie für möglich gehalten habe. Mit erheblichem Lampenfieber betrete ich die Schänke. Da steht sie. Lachend hinter der schmalen Theke. Ihre weißen Zähne blitzen mit ihren Augen um die Wette. Sofort zieht mich ihr Anblick wieder restlos in ihren Bann. Ich bin schrankenlos begeistert von ihr. Mühsam den Blick von ihr wendend sehe ich mich um. Das Lokal ist sehr klein, es gibt neben der Theke nur wenige Stehtische. In einer Ecke des Raumes entdecke ich einen Sitzplatz, gehe zielstrebig darauf zu. Von hier aus habe ich den perfekten Überblick.
Sie ist sehr aufmerksam, kommt prompt auf mich zu und fragt nach meinen Wünschen.

Beinahe hätte ich gesagt, Katerina, mein ausschließlicher Wunsch bist du. Ich muss mich beherrschen, dass ich sie nicht einfach in meine Arme nehme und küsse. Sie strahlt Wärme aus, riecht wundervoll nach Sommersonne. Sie ist für mich makellose Harmonie. Ich bestelle ein Glas Chablis und einen Krabbencocktail.

Schon beim Eintritt sind sie mir unangenehm aufgefallen: vier balzende Hähne auf den runden Barstühlen vor der Theke, sich gegenseitig in ihrem Kikeriki-Geschrei überbietend. Widerlich. Eifersucht steigt in mir hoch. Und sie genießt es anscheinend zu allem Überfluss auch noch, wie sie um ihre Gunst hecheln. Was mögen das wohl für Typen sein? Bei genauer Betrachtung schätze ich sie alle so um die Vierzig. Gutsituiert, vermutlich selbstständig, oder freiberuflich als Rechtsanwalt, oder in gehobener Position bei den umliegenden Banken beschäftigt. Wie stehen meine Chancen, gegen die starke Konkurrenz diese Traumfrau für mich zu gewinnen? Der Chablis tut mir gut, beruhigt meine flatternden Nerven und wärmt meinen Magen. Wer sagt denn, dass diese unerwünschten Gestalten tiefgehendes Interesse an ihr zeigen, überlege ich, mich nun selbst beruhigend. Wahrscheinlich beschränkt sich ihr Interesse auf eine oder mehrere Nächte mit ihr im Bett. Ich muss ruhig und überlegt vorgehen. Einigermaßen cool bleiben, auch wenn es mir schwerfällt. Zeit lassen, in der sich eine Bekanntschaft des Vertrauens entwickeln kann, aus der vielleicht behutsam Liebe wird. Ein Gedanke tritt jetzt wieder in den Vordergrund. Alle Möglichkeiten, alles in meiner Macht stehende werde ich tun, Katerina zu erobern. Nein, viel besser: Ich werde meiner Intuition folgen, denn tief in meinem Herzen weiß ich bereits, dass wir für einander bestimmt sind. Es wird ganz sicher das Richtige geschehen.

Wie soll ich nun vorgehen? Mich einzureihen in die Bewerberschar kommt nicht in Frage. Das ist in meiner Jugendzeit lustig und auch angebracht gewesen, aber für einen gestandenen Mann meiner Ansicht nach nicht mehr zuträglich. Ich kann eigentlich zunächst nur als freundlicher Gast so oft es mir möglich ist die Schänke und damit sie aufsuchen. Aber nicht um die Mittagszeit, während der sich regelmäßig meine Rivalen einfinden. Nein - davor und danach ist die beste Gelegenheit. Dann, wenn das mittägliche Geschäft gelaufen ist und die Jungs wieder zurück in ihre Büros traben, habe ich die Chance, mit Katerina allein zu sprechen. Mehr, möglichst alles über sie zu erfahren. Zu sehen, wie sie auf mich reagieren wird. Gesagt – getan. Es klappt tatsächlich vom zeitlichen her gesehen recht gut. Nur tiefere Einblicke in ihr Leben verwehrt sie mir. Ich erfahre lediglich, dass sie aus Prag stammt, sich dort nicht mehr wohlgefühlt und deshalb vor vier Jahren der Tschechoslowakischen Sozialistischen Republik den Rücken gekehrt hat.

Das Wichtigste allerdings erfahre ich relativ bald, nämlich, dass sie frei ist, in keiner festen Beziehung lebt. Da ist sie, meine Chance, die ich furios nutzen werde. Die Gelegenheit dazu ergibt sich schneller als erwartet. Wir, ein in Hongkong lebender Münchner Händler französischer Weine und ich unterhalten uns angeregt miteinander. Mit einem Ohr höre ich allerdings wie immer Katerina zu. Sie will heute nach Arbeitsschluss ihr Auto verkaufen, das auf einem kleinen Parkplatz am Siegestor in Schwabing steht. Das Wetter an diesem Februartag ist nasskalt. Halb regnet, halb schneit es. Schneematsch liegt auf den

Straßen und Gehwegen. Am Morgen ist es noch trocken gewesen. Sie hat deshalb sportlich-elegante Halbschuhe angezogen, allerdings weisen diese eine recht dünne Sohle auf. Das weiß ich bereits: Für schöne Schuhe hat diese Frau ein ausgesprochenes Faible. Nun, mir kommt die Situation heute überaus gelegen. Nachdem der Weinimporteur sich verabschiedet hat, mache ich Katerina den Vorschlag, sie zum Parkplatz zu fahren. Als sie sich anstandslos darauf einlässt, jubele ich innerlich. Wer weiß, blitzt es durch meinen Kopf, was sich daraus wohl entwickeln kann.

Die Kaufverhandlung ist kurz und bündig. Ein Student der nahen Ludwig-Maximilians-Universität kauft den ziegelroten Renault 5 für kleines Geld. Katerina trennt sich damit vom letzten Verbindungsstück zu ihrem damaligen Prager Lebensgefährten. Sie hat es seinerzeit als Geburtstagsgeschenk von ihm bekommen. Katerina allerdings ist schon damals das bedrückende Gefühl nicht losgeworden, dass es ein Geschenk ist, um sie lediglich ruhig zu halten.

In der Falkenturmstraße kenne ich eine schicke, kleine Bar. Sie wird gerne von Be-

suchern des gegenüberliegenden National-
theaters nach einer Opernaufführung aufgesucht. Dorthin lade ich Katerina ein.
Schließlich gib es was zu feiern. Die Bar ist
glücklicher Weise bereits geöffnet. Wir sind
die ersten Gäste. Ich wähle einen etwas ab-
seits stehenden Tisch aus, und bestelle eine
Flasche leichten und frischen Roederer. Wir
unterhalten uns angeregt. Ihre offene, herz-
erfrischend lebendige Art begeistert mich,
was ich ihr auch ganz offen zeige. Ich lerne
eine kluge, warmherzige und verständnis-
volle Frau kennen. Die Bekanntschaft mit
ihr greift immer stärker in mein Leben ein.
Dann geschieht Unerwartetes. Übergangslos
duzen wir uns. Augenblicklich nutze ich die
Gelegenheit, um ihr einen langen Kuss zu
geben, was sie zu meinem leichten Erstaunen ohne weiteres zulässt und sogar erwi-
dert. Ich bin unheilbar verliebt in dieses
Prachtweib, in deren Augen sich das Paradies auf Erden spiegelt. Als wir uns an diesem Abend vor ihrer Wohnung trennen, hat
sich einiges zwischen uns verändert. Beide
nehmen wir deutlich wahr, wie sich unsere
bisher unverbindliche Bekanntschaft hin zu
einer ernsthaften Beziehung bewegt. Dass
wir uns so überraschend nahekommen, beruhigt mich etwas, setzt die Anspannung

meiner Nerven ein gutes Stück herab. Außerdem beweist es doch, dass sie mein Werben um sie ernst nimmt. Schlussendlich scheine ich ihr mehr zu bedeuten, als sie nach außen hin zeigt. Ich kann mit der Entwicklung unserer Beziehung zufrieden sein; es tut meinem Herzen unbeschreiblich gut.

Geburtstag

Sooft es mir möglich ist, sitze ich bei ihr. Spreche mit ihr, erfahre nach und nach ihr bisheriges Leben. Sie wirkt nachdenklich bei dem, was sie sagt. Wir tauschen unsere bisherigen Erfahrungen aus. Tiefer und leidenschaftlicher als ich das auch nur annähernd in meiner Vorstellung für möglich halte, verstärkt sich meine Liebe zu ihr. Ich lasse es geschehen. Mein Innerstes zwingt mich regelrecht dazu.

Zum ersten Mal sehe ich sie eines Tages weinen. Wir sprechen über ihre anfängliche Zeit in München. Jan macht unvermittelt Besitzansprüche an ihr geltend. Als sie ihn zurückweist, verrät er sich anlässlich eines heftigen Streitgesprächs. Nach und nach gesteht er ihr, von *ihm* gekauft worden zu sein. *Ihm* ist es gelegen gekommen, dass sie die Initiative zur Trennung wahrgenommen hat. Jan und *er* haben das ausgenutzt und sie gemeinsam auf billige und schäbige Art hintergangen. *Er* hat Jan für diesen Vertrauensbruch bezahlt. Und *er* ist zu feige gewesen, Katerina in die Augen zu sehen und die schon überfällige Trennung mit ihr zu besprechen. In Jan hat *er* jedenfalls einen willfährigen Komplizen gefunden. Katerina ist außer sich. Jans Charakterlosigkeit widert sie an. In ihrer Enttäuschung wirft sie eine teure Pelzjacke, die *er* ihr im Jahr zuvor schenkte, aus dem Fenster auf den Gehsteig. Anschließend wirft sie auch Jan aus dem Zimmer, der es eilig hat, sich die Pelzjacke zu greifen, wahrscheinlich, um sie zu Geld zu machen. Ich kann nicht anders, ich muss bei dem Bild, das ich schlagartig vor Augen habe, lachen. Diese sanfte Frau und ein Wutanfall, bei dem sie ihrem Freund vielleicht sogar einen Tritt in den Allerwertesten verpasst hat. Das kann ich mir nicht vorstellen. Kurzerhand nehme ich sie in meine Arme und drücke sie fest an mich, um sie noch nachträglich zu trösten.

In München findet sie zunächst eine Arbeitsstelle bei einem Supermarkt, wo sie Ware in die Regale einräumt. Dort lernt sie Georg kennen. Alle, die ihn kennen sprechen seinen Vornamen englisch –George– aus, vermutlich wegen seines Auftretens. Dabei ist er weder vermögend, kommt aus keiner gehobenen Familie, ist nicht übermäßig gebildet. Er arbeitet als persönlicher Sekretär und zuverlässiger Chauffeur für den Inhaber eines mittelständischen Pharmaunternehmens. In dieser Position erwirbt er reiche Erfahrungen mit reichen Leuten, was auf ihn abfärbt. Er kleidet sich tadellos und achtet in allen Belangen auf seine Erscheinung. Andererseits nimmt er privat das Leben auf die leichte Schulter. Seine unbekümmerte, verbindliche Art macht ihn allseits beliebt. Man kann sich zudem uneingeschränkt auf ihn verlassen.

Nach dem Job im Supermarkt arbeitet Katerina in einer der Luxus-Boutiquen in der Theatinerstraße. Georg hat ihr die Stelle besorgt. Schließlich gibt es in der ganzen Innenstadt keine gehobene Boutique, die er nicht kennt. Vor allem nicht die darin arbeitenden attraktiven Frauen. Ein gutes Jahr später gibt die Besitzerin allerdings ihr Geschäft auf. Der Vermieter, ein alter, gieriger Griesgram erhält von einer der Luxus-Modeketten ein Mietangebot, das, wie er sich verschämt ausdrückt, er unmöglich ausschlagen kann. Die neue Mieterin bringt ihre eigenen Mitarbeiterinnen mit, so dass für Katerina kein Platz mehr vorhanden ist. Binnen einer Woche findet Georg jedoch eine neue Haute-Couture-Boutique für sie, so dass sie übergangslos die Stelle wechseln kann. Lediglich der Arbeitslohn stimmt nicht im Verhältnis zu dem hohen Anspruch an ihre verkäuferischen Qualitäten. Aber wichtig ist ihr zunächst, dass sie nicht ohne Arbeit und Geld ist.

Ja, und anschließend fängt sie in diesem kleinen Bistro an. Der Besitzer spricht sie an, als sie sich dort mit einer Freundin auf einen vergnüglichen Plausch bei einem feinen Drink trifft. Bei der Frage nach der Bezahlung knausert er nicht, er unterbreitet ihr ein sehr anständiges Angebot. Er ist sich sicher, dass das bisher nur dahin dümpelnde Bistro wegen der neuen Mitarbeiterin regen Zulauf erfahren wird. Womit er goldrichtig liegt. Innerhalb weniger Wochen spricht sich herum, dass hier eine attraktive junge Frau angetreten ist, den Gästen den Aufenthalt angenehm zu gestalten. Katerina fühlt sich nach einer kurzen Einarbeitung wohl. Hier ist wenigstens etwas los, sie liebt Menschen, ist gerne unter Menschen. Hier herrscht nicht diese manchmal öde Langeweile wie in der Boutique. Auch wenn es zur Mittagszeit stressig wird, so entschädigen dafür die vielen freundlichen Kommentare der Gäste.

Es geht auf Ende Februar zu. Wir haben uns gefühlsmäßig weiter angenähert. Katerinas Geburtstag am siebenundzwanzigsten steht an. Rechtzeitig habe ich nach einem hübschen Geschenk gesucht und eine ansprechende goldene Halskette für sie gefunden. Nicht pompös in der Ausführung, vielmehr habe ich mir Gedanken darüber gemacht, was gut zu ihr passen würde. Die Verkäuferin versichert mir zudem, dass diese Kordelketten bei der Damenwelt sehr gut ankommen. Ich freue mich schon beim Kauf darüber, wie Katerina darauf reagieren wird. Trotz ihres Geburtstags arbeitet sie an diesem Mittwoch. Das Bistro ist regelmäßig ab elf Uhr vormittags geöffnet. Noch vor der Öffnung will ich sie überraschen. Den mitgebrachten Blumenstrauß hinter meinem Rücken versteckt haltend, klopfe ich an die noch verschlossene Tür. Gleich nachdem sie den Blumenstrauß erhalten hat, bekommt sie einen liebevollen Kuss, ihr Geschenk und meine allerherzlichsten Glückwünsche. Gerührt und erfreut sieht sie mich mit seltsamem Blick an. Gerne wüsste ich, was sie in diesem Moment wohl denkt. Natürlich wird sie anschließend wegen des Blumenstraußes von ihren männlichen Bewunderern gefragt, was es damit auf sich hat. Als diese von ihrem Geburtstag erfahren, wird sie mehrfach zu einem Glas Sekt eingeladen, und es wird sehr lebhaft in dem kleinen Raum.

Von diesem Zeitpunkt an begleite ich sie oft zu ihrer Wohnung. Sie wohnt in einem nach Südwesten ausgerichteten Apartment im 6. Obergeschoß des damaligen Motorama im Stadtteil Haidhausen. Gegenüber ist in diesem Jahr das Münchner Kulturzentrum Gasteig eröffnet worden. Wir verabschieden uns jedes Mal vor dem Lift. Während sie nach oben fährt, schlendere ich häufig durch die Verkaufsräume im Erdgeschoß, wo ich mir die dort ausgestellten PKW ansehe. Oder ich trinke gelegentlich in der Bierstube des angeschlossenen Hotels ein gekonnt gezapftes Pils. Ihre Attraktivität bezieht diese gemischte Geschäfts- und Wohnanlage aus dem Vorhandensein aller für den täglichen Einkauf notwendigen Geschäfte, der verkehrsgünstigen Lage und der S-Bahn-Haltestelle im Haus.

Wir schreiben Anfang Mai. Der Wonnemonat. Der Monat der Liebe. Klingt ziemlich kitschig. Doch irgendwie ist es tatsächlich ein Monat der gesteigerten Gefühle. In den vergangenen drei Monaten steigert sich sowohl unser seelische Verbindung, als auch die körperliche Anziehung. Ich besuche sie jetzt auch in ihrer behaglichen Wohnung. Ich fühle mich dort ausgesprochen wohl. Wir trinken einen Kaffee oder ein Glas des von mir mitgebrachten Weins miteinander. Mit Wein beschäftige ich mich seit vielen Jahren; speziell charaktervolle deutsche, italienische und französische Weine finden Anklang bei mir. Katerina hingegen hat eine feine Nase für Düfte weshalb es immer so unglaublich gut bei ihr riecht.

An einem zwar warmen, aber regnerischen Tag ruft sie mich unverhofft im Büro an. Sie arbeitet heute nicht und fragt mich, ob ich sie besuchen will. Na, was ist das für eine Frage? Selbstverständlich will ich. In aller Eile erledige ich noch eine wichtige Angelegenheit. Dann bin ich auch schon unterwegs zu ihr. Als sie die Tür öffnet, empfinde ich das an diesem Tag als besonders glücklichen Moment. Sie umarmt mich, zieht mich temperamentvoll zur Couch, kaum dass ich mich meiner Schuhe und meines Sakkos entledigen kann. Knisternde Stimmung liegt in der Luft. Dann geschieht es. Unsere Sehnsucht erfüllt sich. Wir verschmelzen miteinander, sind nicht mehr zwei Menschen, sondern ein Körper, eine Seele. Befreit von aller Zurückhaltung, fühlen wir grenzenloses Glück. Wir liegen in einer blumenübersäten, duftenden Wiese des Paradieses, drücken uns eng aneinander. Ein sehnsüchtiger Traum ist in Erfüllung gegangen.

Später erzählt mir Katerina, dass sie absichtlich die vergangenen Monate gewartet hat, bevor sie den entscheidenden Schritt tut. Sie will kein Abenteuer, sondern sie will sicher sein, dass bei uns beiden die Liebe das ausschlaggebende Element für eine dauerhafte Verbindung ist. Sie ist eine außergewöhnliche Frau, die mir zeigt, dass erst unter Führung der Liebe die körperliche Vereinigung vollkommen ist.

Eines allerdings ist anscheinend bei allen Frauen gleich: Sie finden immer eine veränderungswürdige Eigenschaft oder Verbesserungswürdiges am äußeren Erscheinungsbild des Mannes. Auch Katerina verhält sich in dieser Hinsicht nicht grundsätzlich anders. Doch mir kommt es überaus entgegen, dass sie sich um mich kümmert.

„Peter!" spricht sie mit Entschiedenheit in der Stimme, „Peter, du brauchst erstens einen neuen Haarschnitt. Zweitens stellen wir deine Kleidung auf eine sportlich-elegante Linie um. Und drittens gehört dazu ein Eau de Toilette, das deine Persönlichkeit unterstreicht."

Nach einer kurzen Pause folgt dann mit weichem Tonfall: „Ja, und versteh mich bitte nicht falsch, ein paar Kilo weniger würden deinem Körper sicher gut tun..." Aufmerksam höre ich ihr zu. Das ist richtig, sage ich mir, sie bringt damit neuen Schwung in mein Leben. Es ist schön, wenn ein Mensch auf den anderen achtet. Ich liebe sie.

Für die Neugestaltung meiner natürlichen Kopfbedeckung kennt sie einen italienischen Friseurmeister, Luciano, der wirklich fit ist und meinen Haaren mit geübtem Blick und kunstfertigen Händen die ideale Form gibt. Eigentlich habe ich meine bisherige Frisur schon lange satt. Nicht nur, dass sie langweilig ist, sondern auch das tägliche Scheitelziehen ist irgendwie mühsam. Jemand bezeichnete die Scheitelfrisur mal als „Läuseweg" auf dem Kopf. Schon aus diesem Grund verbietet sich ein Scheitel. Das Haupthaar, solange es zumindest bei uns

Männern ausreichend vorhanden ist, soll doch wie eine Krone oben auf dem männlichen Körper schweben. Im nächsten Schritt ist dank Katerinas Gespür für Parfum auch das für mich ideale Eau de Toilette gefunden. Eine Tätigkeit im südfranzösischen Grasse bei einem der berühmten Parfumeure würde ihr bestimmt Anerkennung bringen. Traumwandlerisch sicher wählt sie Halston Z-14 für mich aus. Der Duft gefällt mir ausgesprochen gut, ich mag ihn auf Anhieb, weil er zu mir passt.

Die Bekleidungssuche beansprucht schon mehr Zeit. Normaler Weise hasse ich das Anprobieren, das Laufen zu den verschiedenen Geschäften. Arm in Arm mit ihr gerät diese Prozedur allerdings zum Vergnügen, auch wenn ich einigermaßen ins Schwitzen komme. Zwischendurch sieht sie mich prüfend an, lässt ihre Perlenzähne blitzen, und lacht mich übermütig aus. Sei vorsichtig, sage ich zu ihr, gleich verschleppe ich dich wie der böse Wolf in die Umkleidekabine. Danach fresse ich dich auf. Mit stilsicherem Blick wählt sie zusammen mit mir die geeignete Kleidung vom Sakko über Hosen und Hemden bis hin zum Anzug aus. Diese Frau erweist sich als ein Schatz in jeder Hinsicht.

Ihre Anregung, meinen Körper in eine bessere Form zu bringen, gerät dann zur großen Überraschung für sie. Selbstverständlich gebe ich auch hier Vollgas. Nichts ist mir zu schwierig. Das Leben ist heiter und leicht. Innerhalb von sieben Wochen nehme ich achtzehn Kilogramm ab. Das überrascht sie, macht sie fast sprachlos. Es ist auch übertrieben viel, so dass ich wieder einige Pfunde zunehme.

Katerina macht mir ebenfalls ein Geschenk. Indem sie weitgehend auf Schuhe mit hohem Absatz verzichtet. Sie will mich nicht überragen. So viel Selbstbewusstsein besitze ich zwar, dass es mich nicht stört, aber es ist ihre Entscheidung. Ich versuche noch, ihr diese Idee auszureden, habe jedoch damit keinen Erfolg. Letztlich freue ich mich sehr über das aufmerksame Zeichen der Liebe, das sie damit setzt.

Lebenslust

Es spricht sich herum: Katerina, die lebenslustige Frau mit dem großen Herzen, die mit aller Intensität die Gegenwart lebt, ist in festen Händen. Und zwar in meinen liebevollen Händen. Ich strahle vor Glück, jeder kann es sehen. Ich muss wohl eine kraftvoll strahlende Aura in der Farbe Rot, Herzrot natürlich, um mich herum aufgebaut haben, die die Menschen berührt.

Im Untergeschoß des Motorama gibt es eine Disco. Alles andere als eine Nobeldestination ist das. Aber uns ist es egal. Es ist einfach praktisch, für eine Stunde vom sechsten Stock mit dem Lift in das Tanzlokal zu fahren. Katerina bewegt sich rhythmisch und geschmeidig; ich bewundere sie. Ich geniere mich anfangs, weil ich wie ein Bär auf der Tanzfläche herumtapse, dem blöden Grinsen einiger dort herumlungernder Typen ausgesetzt bin. Und da findet sie auch schon einen passenden Kosenamen für mich. Mein Bärchen, nennt sie mich fortan. Das gefällt mir, weil es meinen Beschützerinstinkt anspricht. Was uns jedoch im Laufe der Zeit immer weniger gefällt, sind die hungrigen Blicke einiger männlicher Gäste und deren Anmache. Wir suchen uns lieber einen charmanten Platz.

Sie verfügt über einen großen Bekanntenkreis. Mit ihrer liebenswürdigen Art ist sie überall gern gesehen. Sie kommt mit jedem Menschen, ob Frau oder Mann zu Recht, weil sie die Menschen so akzeptiert, wie sie eben sind. Auch für mich ist sie ein Quell der Freude. Sie bringt Schwung und Abwechslung in mein vom Kampf um Zahlen geprägtes Leben, was mir sehr entgegen kommt. Wir lachen viel. Unbekümmert leben und lieben wir.

Mit Georg, ihrem engstem Freund, verbindet mich bald eine große Vertrautheit. Er ist ein amüsantes Schlitzohr, taucht seine Finger in allerlei Geschäfte. Ich kann mich jedoch voll und ganz auf ihn verlassen. Nur seine Marotte ist manches Mal lästig: Er liebt alle Frauen. Und hat er wieder eine an der Angel, so gibt es nur ein Gesprächsthema: Sex. Andererseits kennt er so gut wie alle angesagten Lokalitäten in der Stadt. Er wird zu unserem Kneipenführer, mit dem wir oft zusammen sind. Wir haben kein Interesse und Bedürfnis, der Münchner Schickeria anzugehören, sondern wir schätzen lediglich die Vielfalt und die Abwechslung. Dazu gehören auch Besuche in Rottach-Egern am Tegernsee, wo mehrere gute Freunde und Bekannte Katerinas leben. In den Sommermonaten genießen wir die Besuche in den verschiedenen Biergärten, mit denen München gesegnet ist. Am schönsten finden wir den idyllischen Biergarten Grün Tal. Dort an einem der Tische neben dem beruhigend dahinfließenden Bach zu sitzen, eine frische Maß Bier und eine deftige Brotzeit auf dem Tisch, sich verliebte Blicke zuwerfen, das sind glückliche Stunden. Das geht solange gut, bis dort ein neuer Kellner seinen Job anfängt. „Leider" ist er ein guter Bekannter von Georg. Wie selbstverständlich stellt er uns oft ungefragt und nicht bestellt Wodkafeige auf den Tisch. Als er es zu arg treibt, schimpft ihn Katerina aus. Was ihn jedoch nicht daran hindert, es auf seine Art weiterhin gut mit uns zu meinen. Ich kann mir ein verschmitztes Grinsen nicht verkneifen; bekomme dafür postwendend eine zarte Rüge meiner geliebten Partnerin. Der Kellner Martin erzählt Georg brühwarm von unseren Besuchen im Grün Tal. Ab sofort ist es für uns vorbei mit der Romantik und unseren verliebten Gesprächen. Das ist andererseits aber in Ordnung, denn ein Biergarten ist schließlich für fröhliche Treffen und ausgedehnte Gespräche selbst mit ansonsten Fremden gedacht.

Mein Liebling ist eines Abends nach dem Verlassen des Biergartens so aufgedreht, dass sie mich zu ihrem Reitpferd bestimmt. Um zum geparkten Auto zu kommen, ist eine kleine Wiese zu überqueren. Bevor wir sie durchschreiten, bittet sie mich, an deren Rand stehen zu bleiben. Sie nimmt einen kurzen Anlauf, stößt einen kleinen Schrei der Vorfreude aus, springt auf meinen Rücken und klammert sich mit ihren Armen an meinem Hals fest. Anschließend geht die wilde Post ab. Sie hat ihre helle Freude an ihrem Pferdchen, denn ich strenge mich mächtig an, meine Reiterin zügig ohne zu stolpern über die Grasfläche zu befördern. Auf der anderen Seite der Wiese wirft das Pferd seine Reiterin vorsichtig ins hohe Gras ab und sich selbst neben sie. Ein älteres Ehepaar beobachtet uns. Ob des skandalösen Vorgangs schütteln sie missbilligend ihre auf dürren Hälsen sitzenden Köpfe. Das führt bei uns nur zu weiterer Lachanfällen. Ich liebe diese Frau unendlich. Wir kosten das Leben zusammen aus. Spielt es eine

Rolle, ob es den anderen Menschen, die das Prinzip Wüste leben, also innerlich bereits vertrocknet sind, gefällt? Keine, denn wir schaden doch niemandem. Wir wollen uns spüren, riechen, schmecken. Gemeinsam im warmen Meer der Liebe baden, herumtoben. Das Heute und das Jetzt leben.

Mein Leben gewinnt eine neue Qualität. Katerina macht mich offener, toleranter. Nimm das einfach sportlich, entgegnet sie mir, wenn ich überholte Verhaltensweisen an den Tag lege. Sie versteht das Leben viel besser als ich.

Entspannende Tage verbringen wir an der pulsierenden Isar. Wir suchen uns zwischen Flaucher und Großhesseloher Brücke eine im Fluss liegende Kiesbank aus, waten durch das kühle Wasser und stellen unsere Liegen auf. Katerina liebt es, auf der von sprudelndem Wasser umgebenen Insel die Sonne zu genießen. Sie muss einen besonderen Pakt mit der Sonne geschlossen haben, denn Stunde um Stunde kann sie so verbringen. Ab und zu begibt sie sich mit ihren Beinen ins frische Isarwasser, aber das ist auch schon alles. Nach dem Sonnenbad strahlt ihr Gesicht und ihr Körper wunderbar bronzefarben, während ich trotz zeitweiligem Einsatz eines Sonnenschirms immer wie ein Indianer aussehe.

Abgesehen von gelegentlichen Besuchen in kleinen und großen Restaurants in Rottach-Egern ist unsere liebste Anlaufstelle im herrlichen Tegernseer Tal das urgemütliche Bräustüberl in Tegernsee. Eine Oase voll purer Lebensfreude. Alle treffen sich dort. Junge und Alte. Reiche und wenig Begüterte. Angeber und Rosstäuscher. Schöne und greisliche (bayrisch für: hässliche) Individuen, Singles, die flirten wollen. Alle schätzen das ungezwungene Zusammentreffen, die lockeren Gespräche, die jeder mit jedem führen kann. Im Bräustüberl darf auch lauthals gelacht werden, ohne dass sich gleich kritische Blicke auf den oder die Lacher richten. Und das Brotzeitangebot wie beispielsweise Gorgonzola sauer mit Essig, Öl und roten Zwiebeln schafft eine derart solide Grundlage in unseren Mägen, dass wir uns anstatt, wie eigentlich beabsichtigt, mit einer Halben des süffigen Tegernseer Hell oder Spezial gleich mit mehreren sozusagen erfrischen. Und Katerina hält zu meinem Erstaunen problemlos mit. Wir sind

glücklich. Das Leben ist leicht und spiele-
risch.

In den Sommermonaten finden im gesamten
Tegernseer Tal die berühmt-berüchtigten
Waldfeste statt. Manch einer der Besucher
schläft am Ende seinen Rausch gleich an
Ort und Stelle aus. Sowohl Rottach-Egern
als auch Tegernsee und Bad Wiessee veran-
stalten beliebte Seefeste. Wir besuchen re-
gelmäßig das Rottacher Seefest. Entlang der
Seepromenade und der Seestraße flanieren
wir Hand in Hand an den aufgebauten
Ständen entlang, probieren die kulinari-
schen Schmankerl und treffen unsere
Freunde und Bekannte aus dem Ort. Die
Blaskapelle Rottach-Egern, der Spielmanns-
zug, die Goaßlschnalzer und viele weitere
Vereine bieten pittoreske Showeinlagen zur
Unterhaltung, dass es eine wahre Freude
für alle Besucher ist.

Einer von Katerinas Rottacher Freunden,
ein Möbelhändler, organisiert regelmäßig ein
größeres Boot, von dem aus wir das Ab-
schlussfeuerwerk vom See aus betrachten
können. Bei einer dieser Gelegenheiten stehe ich hinter ihr, halte sie mit meinen beiden Armen um ihre Hüfte geschlungen fest.

Ich rieche den Duft ihres vollen Haares, versenke mein Gesicht in diese Kostbarkeit. Ein starkes Gefühl der Dankbarkeit steigt unversehens aus meinem Herzen auf. Dankbar bin ich, mit dieser Frau zusammen zu sein.

Gleichzeitig, ohne dass wir uns über die Sprache verständigen, denken wir angesichts des prachtvollen, farbigen Schauspiels plötzlich an unsere gemeinsame Zukunft. Wird unsere Zukunft wie das prachtvolle Feuerwerk so strahlend, so bunt leuchtend, so feurig sein? Ein Stoß, der das Schiff ins Wanken bringt, reißt mich aus meinen Gedanken. Katerina stößt einen leisen Schrei des Erschreckens aus. Was ist geschehen? Ein anderes Boot rempelt uns an. Kein Wunder, als wir uns den anderen Bootsführer betrachten. Der Mann ist anscheinend bis zur Halskrause angefüllt mit Tegernseer Hell. Ist das womöglich als ein schlechtes Zeichen für unsere Beziehung zu sehen? Die Stimmung an Bord ist jedenfalls ab sofort beeinträchtigt. Zumindest für kurze Zeit. Wir alle beschimpfen den Schluckspecht von Kapitän auf die deftige bayerische Art und sehen zu, dass wir aus seiner Reichweite flüchten.

Katerina liebt das Oktoberfest, die Wies'n. Je näher der Termin rückt, desto aufgeregter wird sie. Es ist für sie ein Muss, sich gleich am Eröffnungssamstag in den Trubel zu stürzen. Wir begeben uns dann immer frühzeitig in das Schottenhamel-Zelt, um das vom Oberbürgermeister zelebrierte Eröffnungsritual möglichst hautnah zu erleben. Es geht halt nichts über die unvergleichliche Live-Atmosphäre im Zelt.

Freitag zwei

Wir sind aneinander geraten. Eine ziemlich heftige Auseinandersetzung. Ein schrecklicher Vorgang. Das ist doch gar nicht möglich, nur ein böser Traum. Wir, die wir so unendlich glücklich miteinander sind, streiten uns! Katerina ist schon den ganzen Tag über angespannt. Auch ich bin gereizter Stimmung. Ursache bei mir ist ein unangenehmes geschäftliches Problem, das sich bereits seit längerer Zeit hinzieht.

Sie zweifelt an diesem wolkenverhangenen Tag an allem und jedem. Ihr altes Trauma von damals ist aufgebrochen. „Peter..." sagt sie in anklagendem Ton, „Peter, liebst du mich wirklich und ausschließlich? Nur mich? Willst du tatsächlich mein Mann sein? Denn ich will deine Frau sein! Willst du an meiner Welt teilhaben? Oder willst du dich mit mir nur schmücken?"

Auf einen solchen Gefühlsausbruch bin ich nicht vorbereitet, er überrollt mich einfach. Ich bin momentan sprachlos, weiß spontan keine Antwort, auch weil ich gedanklich an diesem verdammten kommerziellen Ärgernis festhänge. Nachdem ich die Brisanz der Situation einigermaßen begreife, versuche ich ihre Bedenken zu zerstreuen. „Katerina, Liebling, ich liebe dich! Bitte zweifle nicht an mir! Hast du kein Vertrauen zu mir? Habe ich dir irgendeinen Anlass dazu gegeben?"

Das allerdings erweist sich nicht als die richtige Antwort auf ihre seelische Not, in der sie sich gerade befindet. Hinterher ist mir auch klar, dass ich sie ohne Zögern hätte in meine Arme nehmen, sie küssen und streicheln müssen. Das ist es, was sie braucht. Meine Antwort dagegen empfindet sie als kalt. So eskaliert unser Gespräch zum handfesten Krach. Das Ende vom Lied ist, dass ich erbost und äußerst erregt ihre Wohnung und damit sie verlasse.

Am nächsten Tag und auch an den folgenden Tagen finden wir weder persönlich noch telefonisch zueinander. Sie fühlt sich wohl bestätigt in ihrer Annahme und ich fühle mich von ihr ungerecht behandelt. Kann es sein, dass es anscheinend mit unserer Liebe vorbei ist? Ist das so Vielversprechende zerbrochen? Diese Freitage haben es in sich: An einem Freitag lernen wir uns kennen – an einem Freitag gehen wir auseinander.

Nach wie vor herrscht Funkstille zwischen uns. Soll das alles gewesen sein? Ich bin total verwirrt. Einerseits beharre ich auf meinem stur zu nennenden Verhalten, das ich aber gleichzeitig verfluche, weil es mich blockiert. Andererseits versuche ich zu verstehen, was um Himmels willen hier geschieht. Ist tatsächlich Liebe im Spiel oder sind meine Gefühle eine Fata Morgana? Besteht vielleicht diese tiefe Verbindung zwischen uns nicht, denn nur dann kann es zu dieser katastrophalen Entwicklung kommen. Welche Fehler mache ich? Mein Kopf und mein Herz befinden sich in Aufruhr. Mitten in der Nacht wache ich auf, weil es so in mir rumort. Für die einfachste Lösung, nämlich zu ihr hinzugehen, sie an mich zu drücken und mich mit ihr auszusprechen, fehlt mir der Mut. Und es kommt wohl noch etwas Trotz hinzu, einfach nachzugeben. Du erbärmlicher Feigling quält mich deshalb meine innere Stimme, geh zu ihr. Ich gehorche ihr nicht.

Ich halte Kriegsrat mit Georg. Selbstverständlich weiß er schon darüber Bescheid, was geschehen ist. Katerina informiert ihn regelmäßig. Doch Georg ist ein Fuchs und schlauer Diplomat. Er verhält sich mir gegenüber neutral, wartet darauf, bis ich an ihn herantrete. Ich brauche ihn jetzt als Verbindungsmann, als vertrauten Informanten. Ich bin mir sicher, dass er fair uns beiden gegenüber sein wird. Von ihm erhalte ich die Bestätigung, worauf ihr angstvolles Verhalten zurückzuführen ist. Sie überwindet anscheinend die seinerzeitige Trennung von ihrem damaligen Herzblatt noch immer nicht vollständig. Ein Rest ist geblieben, der einfach nicht heilen will. Es sind die bitteren Auswirkungen von damals, die sie in ihrer Gefühlswelt nicht bewältigt.

„Georg, rück raus mit der Sprache. Wie geht es ihr? Was macht sie? Was sagt sie über unser Verhältnis?"

„Na, was wird sie schon sagen. Ausgeweint hat sie sich bei mir..." antwortet er. „... und ausgefragt hat sie mich, ob du jetzt durch die Kanäle gehst, weil sie dich nicht mehr sieht. Sie meint, dass du vielleicht weggezogen bist. Die Situation macht ihr sehr zu schaffen. Aber sie denkt auch, dass es womöglich so wie es ist besser ist. Dass es eben ihr Schicksal ist. Außerdem wäre die Verbindung eh nicht gut ausgegangen."

„Warum denn das?" Meine Neugierde ist geweckt. „Wie kommt sie darauf?" Das klingt so rätselhaft, ich will nun alles von Georg wissen.

„Ach, weißt du Peter, eigentlich soll ich dir nichts darüber sagen. Ich habe ihr hoch und heilig versprochen, es für mich zu behalten. Aber ich denke, du sollst es wissen, schließlich mag ich euch beide. Während des Zusammenseins mit *ihm* hat er sie zu einer Zigeunerwahrsagerin mitgenommen. Diese hat ihr prophezeit, dass sie eines Tages ins Ausland gehen, dort einen lieben Mann kennen lernen, jedoch eine intensive Beziehung mit tragischem Ende erleiden wird."

Ich bleibe stumm, als Georg endet. Katerina ist eine merkwürdige, geheimnisvolle Persönlichkeit. Was geht in dieser Frau wirklich vor? Ist hier ein weiteres Trauma in ihr vorhanden? Warum spricht sie nicht mit mir über diese zweifelsohne bedrückenden Erfahrungen? Will sie mir nur ihre Sonnenseite, aber nicht ihre dunkle Seite zeigen? Katerina, die Schweigsame. Welche Überraschungen stecken noch in dieser Frau? Auch jetzt, nach unserer unvermittelten Trennung wirkt sie wie ein Magnet auf mich.

Ihre unsichtbare Anziehungskraft dringt durch die dickste Panzerung. Ich fühle zugleich, dass ich ohne sie nicht leben kann. Ein in diesem Moment absurder Gedanke beschäftigt mich plötzlich. Sehnsüchtig denke ich daran, wie sie in der Pfanne brutzelnde Wiener Schnitzel regelmäßig zu wenden vergisst, so dass die eine Seite von der Hitze fast verbrannt wird. Nein, eine Köchin wird aus ihr nie werden. Ich lache jählings, obwohl mir nicht danach zu Mute ist. Ein Zustand totaler Zerrissenheit erfasst mich. Und mein seelischer Hunger nach diesem einmaligen Menschen wächst unaufhörlich von Tag zu Tag. Was soll, was kann ich nur tun, um dieses Dilemma zu beenden?

Mit Georg treffe ich mich regelmäßig. Er erweist sich als echter Freund. In Schwabing macht er ein winziges italienisches Lokal aus, das immer rappelvoll mit aufgekratzten Gästen aller Altersstufen ist. Das Angebot an Essen ist beschränkt, aber die Weine sind ausgezeichnet. In dieser Runde fühle ich mich wohl, vergesse für kurze Zeit meine Sorgen. Oder wir treffen uns in der Bar vom Ritzi am Maximilianeum, dem bayerischen Landtag. Dort sitzen wir in bequemen, mit rotem Samt bezogenen Sesseln, und beobachten das Treiben der (vermutlich) Reichen und der schönen jungen Frauen. Während Georgs Interesse vorrangig den hübschen Mädels gilt, widme ich mich mehr meiner Monte Christo No. 2 in Verbindung mit einem unglaublich delikaten Rotwein aus Südafrika. Der Barmann grinst zufrieden, als ich ihm zu diesem Sorgenbrecher ein dickes Kompliment mache.

Tage und Wochen verstreichen. Meine Welt verliert an Farbe und Glanz. Eher ist grau die vorherrschende Farbe. Das Schicksal allerdings beschließt nunmehr, aktiv in das Geschehen einzugreifen.

Vor kurzem haben wir ein neues Bauvorhaben in einem von Münchens südöstlichen Stadtteilen begonnen. Bereits vor Rohbaufertigstellung sind die Wohnungen an den Mann, bzw. an die Frau gebracht worden. Mehrere positive Faktoren sind für den zügigen Verkauf maßgebend. Das Objekt liegt in einer ruhigen Seitenstraße, umgeben von überwiegend kleinen Einfamilienhäusern. Der Architekt erweist sich bei der Grundrissgestaltung der Wohnungen als Profi. Und die Preise passen anscheinend gut zu den Vorstellungen der Käufer. Es ist ein Handel, der allen Seiten Vorteile bringt.

An diesem Donnerstag findet am späten Nachmittag das Richtfest statt. Unsere Mitarbeiterin bestellt dafür bei einem für seine Qualität der Speisen bekannten Party-Service ein kaltes und warmes Buffet. Die bestellten Getränke sind bis auf das Bier vom Fass alkoholfrei. Ich mache mich frühzeitig von der Büroarbeit frei und begebe mich auf den Weg zur Baustelle. Mein Weg führt mich am Motorama vorbei. Mir fällt ein, dass uns noch der Schnaps für die traditionelle Richtfestzeremonie fehlt. Zum Richtspruch gehört selbstverständlich, dass der Polier nach seiner kurzen Ansprache vom Dachstuhl aus ein Glas Schnaps trinkt. Anschließend wirft er sein Glas nach unten, wo es in tausend Stücke zerspringt. Das soll Glück bringen. Gelegentlich kaufe ich im des im Untergeschoß des Motorama gelegenen Supermarktes ein. Was liegt also näher, als dort je eine Flasche Obstler, Zwetschgenwasser und Himbeergeist zu besorgen. Vor allem die Bauarbeiter lehnen ein Schnäpschen sicher nicht ab.

In der Regel sind die wenigen Parkplätze auf dem Seitenstreifen immer belegt. Es ist oft mühsam, direkt vor dem Gebäude zu parken. Doch heute kommt mir der Zufall zu

Hilfe. Als ich langsam an den abgestellten Fahrzeugen entlang fahre, steigt ein älterer Herr in sein Fahrzeug. Keine zwei Minuten später steht mein Auto auch schon in der frei gewordenen Parklücke. Beim Eintreten in den Markt sehe ich, dass sich der Andrang an den Kassen in Grenzen hält. Demnach kann ich relativ zügig meinen Einkauf erledigen und weiter fahren. Das Regal mit den harten alkoholischen Getränken ist gleich gefunden. Ich begebe mich zur Kasse. Und erstarre. Keine fünf Meter vor mir schiebt Katerina ihren vollen Einkaufswagen ebenfalls Richtung Kasse. Mir wird heiß und kalt. Sie sieht atemberaubend gut aus. Sie trägt einen blütenweißen Jogginganzug. Ihr Haar ist nach hinten zum Pferdeschwanz gebunden. Ich folge ihr mit Abstand. Und wieder erhalte ich einen Wink des Schicksals. Allem Anschein nach hat sie zu wenig Geld dabei, kann ihren Einkauf nicht vollständig bezahlen. Sie spricht kurz mit der Kassiererin, stellt dann ihren Einkaufswagen neben die Kasse und verlässt den Laden. Sie fährt mit dem Aufzug nach oben in ihr Appartement, mehr Geld holen. Das ist meine Chance. Als ich an der Reihe bin, bezahle ich ihren und meinen Einkauf. In der Sekunde, in der ich den Einkaufswagen aus der Tür des Geschäfts rolle, kommt sie die vom Erdgeschoß in das Untergeschoß führende Treppe herunter. Sie stutzt, ein Lächeln huscht über ihr Gesicht. Unsere Blicke treffen sich. Das Feuer der Liebe brennt sofort lichterloh. In uns beiden. Mit einer Selbstverständlichkeit, als wäre nie etwas Trennendes zwischen uns gewesen, packen wir ihre Einkäufe in Plastiktüten und tragen sie in ihre Wohnung. Lange umarmen wir uns, atmen uns, wollen uns nicht mehr voneinander lösen. Wir wissen beide, freiwillig trennen wir uns nun nie mehr. Es ist wie ein Dammbruch. Katerina füllt die Kaffeemaschine mit Wasser und Kaffeepulver. Es ist die feinste Tasse Mokka, die ich jemals getrunken habe. Danach wird es höchste Zeit für mich, zur Baustelle zu fahren. Es fällt mir enorm schwer, mich jetzt von ihr zu trennen. Ich verlasse sie, dieses Mal aber nur für wenige Stunden.

Von Sehnsucht bestimmte, unruhige vier Monate und elf Tage finden damit ein gutes Ende. Ab jetzt kann uns nur noch der Tod scheiden. Uns begleitet The Power of Love, wie sie von Jennifer Rush besungen wird. Die Zeit der Prüfung ist vorbei. Wir sind eins.

Familie

Katerinas Vater ist während der Zeit unserer Entfremdung gestorben. Sie leidet stark darunter, denn Ihr Vater bedeutet ihr immens viel. Nach ihrem Umzug nach München vermisst sie ihn besonders. Wenn sie miteinander telefonieren, beruhigen sie sein Verständnis für ihre Sorgen und Nöte und sein liebevoller Trost immer wieder. Deshalb hat sie sich nach seinem Ableben auch zunächst zurückgezogen und trauert. Ich bin bestürzt, als ich davon erfahre. Gerade dann, als sie mich braucht, stehe ich ihr nicht bei. Ich hasse Schicksalsschläge dieser Art. Wir beschließen spontan, ihre Familie in Prag zu besuchen. Ihre Mutter, die Schwester und deren Tochter freuen sich bestimmt, sie wieder mal zu sehen. Darüber hinaus waren sie schon gespannt und neugierig auf mich, wie sie lächelnd bemerkte.

Doch zunächst steht eine Erholungsreise auf dem Plan. Eine Woche wollen wir auf Fuerteventura ausspannen. Nur Sonne, Sand und Meer genießen. Wir kennen die Insel beide noch nicht und versprechen uns deshalb eine neue Erfahrung. Diese wird uns dann auch nach unserem Eintreffen bald zuteil. Dergestalt, dass es nämlich ziemlich windig ist. Ansonsten beeindrucken uns die endlos bis zu zwanzig Kilometer langen Strände mit goldgelbem Sand und die Sonne im wolkenlosen Himmel, welche eine blendende Helligkeit schaffen. Die faszinierenden, hochgewachsenen Wolfsmilchkakteen inspirieren mich zu einer ganzen Reihe von Fotos mit Katerina vor und neben diesen Riesenkakteen stehend.

Wir haben ein kleines, im Vergleich mit den meisten anderen architektonisch einfallslosen touristischen Anlagen, ansprechendes Hotel gebucht. Der Hotelier findet uns anscheinend sympathisch, vor allem wohl Katerina. Er spricht gebrochen deutsch. Er erzählt uns von den Ziegen, der vorherrschenden Tierrasse auf der Insel. Fuerteventura führt den Titel „Insel der Ziegen". Den etwa vierzigtausend Einwohnern stehen geschätzte siebzigtausend Ziegen zur Verfügung. Wir fragen uns, wie diese Ziegenarmee angesichts der eingeschränkten Vegetation über die Runden kommt. Es kann nur an der Genügsamkeit dieser Tiere liegen. Die Ziegenzucht wird seit Generationen immer weitergegeben. Vom Großvater auf den Vater – vom Vater auf den Sohn... Der Ziegenkäse ist die Haupteinnahmequelle der Züchter. Katerina mag den Ziegenkäse durchaus, doch meinem Geschmack entspricht er so ganz und gar nicht. Trotzdem esse ich ihn brav auf, was sie mit schelmischem Lächeln quittiert. Wir erholen uns während unseres einwöchigen Aufenthalts recht gut, aber jeder Urlaub ist eigentlich zu kurz. Jedoch stehen in meiner Firma in der darauffolgenden Woche einige wichtige Arbeiten an, die nicht verzögert werden dürfen. Außerdem ist ja kurzfristig auch die Fahrt zur ihrer Familie nach Prag geplant.

Am späten Vormittag fahren wir los. Zunächst auf der Autobahn Richtung Nürnberg, dann wechseln wir auf die Autobahn Richtung Regensburg-Weiden. Links und rechts davon zieht die ansehnliche bayerische Landschaft vorüber. Am Grenzübergang Waidhaus/Rozvadov erwartet uns bereits eine lange Reihe Fahrzeuge und mehrere Drängler, die auf Kosten der Wartenden so schneller voranzukommen denken. Wir sind erleichtert, als dieses Chaos und die Grenzschikanen endlich überstanden sind. Danach tauchen wir in eine völlig andere Welt ein. So kommt es jedenfalls mir vor. Der Straßenbelag befindet sich in einem üblen Zustand. Die Häuser und Dörfer entlang der Straße sind düster und weisen alle die Einheitsfarbe schmutzig-graubraun auf. In der kalten Jahreszeit entströmen den Kaminen der Häuser zudem gelblich-graue Schwaden schlecht verbrannter Kohle, die die Straßen regelrecht vernebeln. Der Geruch des ausgetretenen Schwefels legt sich drückend auf die Lungen. Sind wir nun im Vorhof der Hölle gelandet? Hier ist doch tatsächlich die Zeit stehen geblieben.

Katerina sieht mir an, was in mir vor sich geht. Sie spricht es an. „Ja" bemerkt sie kurz und trocken, „so sieht es hier im glorreichen Sozialismus aus." Auch sie wird jetzt wieder mit der Realität konfrontiert, die sich eigentlich bereits in der hintersten Erinnerungsschublade ihres Gedächtnisses befindet. „Und pass auf, fahr bloß nicht zu schnell! Lieber zehn Kilometer langsamer als erlaubt. Hinter jedem Strauch oder jeder Hauseckc kann einer der staatlichen Abzocker lauern. Die verhalten sich gerade Ausländern gegenüber nicht immer fair. Abkassieren ist hier angesagt." Der Satz ist kaum zu Ende gesprochen, als wir wie zur Bestätigung der Warnung hinter einem auf unserer Straßenseite stehenden Gebüsch an einer dort aufgebauten Radarstation vorbei fahren. Ich mache mir Gedanken über Katerina. Das hier ist nicht ihre Welt, sage ich mir. Nach mühsamer Fahrt taucht endlich das Ziel unserer Reise auf. Ich bin nun sehr neugierig, was mich in Katerinas Geburtsstadt erwartet.

Mein erster Eindruck am Rande der Stadt: Schäbigkeit überall, am Autobahnende auseinander fallende, rostige Baukräne und Container. Die Häuser nur minimal besser aussehend als in den Dörfern, durch die wir gefahren sind. Das soll die Goldene Stadt sein? Na, bravo! Die Einfallstraße zur Stadtmitte hin ist kaum beleuchtet. In der Stadt finden sich dann auch nur diese schwaches gelbes Licht verstreuenden Funzeln, welche die Straßen und Plätze säumen. Meine Fantasie schlägt Purzelbäume. In der Stadt fällt mir obendrein die große Anzahl an Skodas und Trabbis auf, die blaugraue Abgasfahnen hinter sich herziehen und dadurch die von den Heizungen eh stark belastete Luft noch weiter verschlechtern. Durch den Stadtteil Smichov fahren wir quer durch die Stadt nach Liben, wo ihre Familie wohnt.

Angespannt kommen wir beide an dem heruntergekommenen Miethaus an. Die kleine Drei-Zimmer-Wohnung ist mit altem, wuchtigem Mobiliar ausgestattet. Im Gegensatz zu den Verhältnissen draußen in der Stadt ist sie jedoch blitzsauber und aufgeräumt. Darauf achtet der mütterliche Feldwebel, die Oma. Geraucht werden darf nur auf der Toilette. Ich wundere mich schon, weshalb die beiden Frauen so oft das WC aufsuchen, doch das erklärt alles.

Da stehen sie nun unmittelbar an der Eingangstür, die drei Frauen. Erst küssen sie Katerina ab, anschließend komme ich an die Reihe. Sie nehmen mich zwar freundlich, aber auch kritisch unter die Lupe. Insbesondere ihre Mutter Anna beäugt mich gründlich. So strenge ich mich an, bin recht zurückhaltend und mache anscheinend einen guten Eindruck. Woraufhin ich die erste Inspektion bestanden habe. Ich bin erleichtert, Katerina freut sich darüber. Zunächst tauschen sich die Frauen wortreich aus. Ich verstehe nur Bahnhof. Endlich wird das Essen, der berühmt-berüchtigte „Lungenbraten", bestehend aus Rindfleisch in Sahnesoße, Serviettenknödel und Weißkraut, aufgetischt. Wir langen kräftig zu. Die Oma serviert zum Essen einen großen steinernen Krug voll frischen Pilsner Biers, den ihre Enkelin aus der gegenüber liegenden Bierkneipe holt. Das erinnert mich daran, dass es diese Möglichkeit früher auch bei uns in Bayern gegeben hat. Das Pilsener Bier ist perfekt gekühlt. Mit seiner wunderbaren, festen Schaumkrone schmeckt es unglaublich gut. Ich nehme mich zusammen und trinke maßvoll. Katerina grinst mich nur an, nachdem ich Blicke mit ihr getauscht habe. Sie sieht, dass es mir außerordentlich schmeckt und in meinem Magen noch für einen großen Schluck Platz ist. Die Frauen gehen anschließend zum großen Palaver über. Das ist mir nur recht. So kann ich mich nach dem Essen vor der Glotze erholen. Ist das Fernsehprogramm bei uns schon qualitätsmäßig bescheiden genug, so ist das dort gebotene eine ausgemachte Katastrophe. Aber es ist mir letztlich egal. Schließlich sind wir nicht gekommen, um staatliche Propaganda zu sehen und zu hören. Sondern um Menschen zu besuchen, die uns lieb sind.

Der folgende Tag steht im Zeichen einer Besichtigungstour zu den Sehenswürdigkeiten Prags. Für Katerina ist es ein Streifzug

durch die Vergangenheit, für mich bedeutet
es eine angenehme Überraschung. Der äußere Ring um die City erweist sich als eine
mehr oder weniger große Enttäuschung.
Doch hier, ausgehend vom Wenzelsplatz,
den das imposante Gebäude des National-
museums von seinem erhöhten Platz aus
beherrscht, zeigt die Stadt ihr anderes, ihr
schönes Gesicht. Bevor wir uns aufmachen,
Hand in Hand durch die Straßen und Gas-
sen wandernd den Hradschin, die Prager
Burg, zu erobern, zieht mich Katerina in
eine Restauration, in der die Gäste an kleinen Stehtischen Canapés verzehren. Dazu
werden Milchshakes getrunken. Wir trinken
zu unseren üppig belegten Canapés Milchshakes mit Erdbeergeschmack. Das Ganze
schmeckt ein wenig eigenartig, zumal ich
stark bezweifele, dass in das Getränk auch
nur eine natürliche Erdbeere ihren Weg gefunden hat. Aber Katerina ist in diesen Stoff
vernarrt. Diese Kleinigkeit zeigt mir, wie gut
es ihr tut, wieder mal in Prag zu sein. Man
kann seine Wurzeln auf Dauer eben nicht
verleugnen.

Die Schönheit und Vielzahl insbesondere
der Jugendstilgebäude ist einfach umwer-
fend. Ich kann mich an den prachtvollen

Fassaden nicht satt sehen. Bedauerlich ist nur der sichtbare Verfall der Bausubstanz. Immer wieder fordert mich Katerina auf, endlich weiterzugehen. Es gibt ja noch so viel zu sehen. Langsam arbeiten wir uns durch dichte Besuchermassen über den Altstädter Ring mit seiner einzigartigen, 1410 gebauten astronomischen Aposteluhr in Richtung der berühmten Karlsbrücke vor. Katerina erzählt mir ergänzend die Geschichte und Bedeutung der einzelnen Statuen, welche der Brücke an ihren beiden Seiten ihr unverwechselbares Erscheinungsbild geben. Bevor wir den Weg hoch zur Prager Burg einschlagen, kehren wir in eines der zahlreichen kleinen Restaurants zum Essen ein.

Der Blick vom Hochplateau auf die Stadt mit ihren golden funkelnden Türmen und Dächern ist es dann wert, an diesem Ort länger zu verweilen. Eng stehen wir nebeneinander. Wir sprechen nicht. Katerina ist tief in Gedanken versunken. Mein Blick schweift über die Stadt. Ich lasse den Anblick auf mich wirken, bin glücklich, hier neben dieser Frau zu sein. „Ich liebe Dich, Peter!" sagt sie plötzlich. Ich sehe ihr tief in

die Augen. „Ich liebe Dich, Katerina!" ant-
worte ich selig. Damit ist alles gesagt.

Schon auf dem Hinweg zum Hradschin sind
mir die zahlreichen Maler aufgefallen, die
auf der Karlsbrücke ihre Gemälde ausstel-
len. Diese will ich mir nunmehr auf dem
Rückweg von der Burg in die Stadt genauer
ansehen. Es sind durchaus respektable
Werke darunter, zu günstigen Preisen. Ein
Bild nimmt meinen Blick buchstäblich gefangen. Es zeigt auf blutrotem Grund mit
schwarzen Einschlüssen mehrere im Aussehen verfremdete Schmetterlinge. Eine wahr-
haft plutonische Impression. Ich muss es
haben, es ist für mich bestimmt. Katerina
verhandelt für mich und ersteht es zu einem
sehr attraktiven Preis. Der pfiffige Händler
erzählt uns anschließend in gebrochenem
Deutsch, dass der Maler dieses Bildes halb
in dieser Welt und halb in einer anderen
Dimension zu Hause ist. Er sagt es allerdings prosaischer: Der Maler ist verrückt.
Den nächsten Tag verbringen wir weniger
anstrengend. Wir kehren in der beliebten
Gaststätte Zum Goldenen Tiger ein und finden tatsächlich Platz. Bei Pilsner Urquell
und den berühmten panierten Schnitzel findet eine lebhafte Unterhaltung mit den am

106

Tisch sitzenden Einheimischen statt, was Katerinas Anwesenheit zu verdanken ist. Abends erleben wir im wunderschönen Ständetheater eine bezaubernde Aufführung von Mozarts Entführung aus dem Serail. Ich bin mir sicher, Wolfgang Amadeus Mozart hat es in Prag gefallen.

Schließlich ist es wieder soweit. Die Rückfahrt nach München steht an. Wir verabschieden uns langatmig und herzlich von ihrer Familie und versprechen, bald wieder in diese Stadt, die teilweise in und von der Vergangenheit lebt zu kommen. Prag, Geburtsort meiner großen Liebe. Ahoj Prag, du morbider Charmeur!

Lebensgemeinschaft

Wir beschließen, einige erforderliche Änderungen in unserem Leben vorzunehmen. Zunächst steht die Wohnungsfrage an. Ein Umzug in eine Wohnung im Grünen soll es sein, ohne Straßenlärm. Andererseits nicht allzu weit von der Stadtmitte und damit unseren Arbeitsstellen entfernt. In eine der von meiner Gesellschaft errichteten Wohnungen will ich nicht einziehen, obwohl diese an meinen Ansprüchen ausgerichtet sind. Also durchsuche ich die Wohnungsanzeigen und werde bald fündig. Eine großzügige Drei-Zimmer-Neubau-Wohnung in einem der Münchner Gartenstadtviertel wird angeboten. Schnell werde ich mit den Eigentümern, einem jüngeren, liebenswürdigen Ehepaar einig. Doch als ich mit meiner geräumigen Limousine die Tiefgarage benutzen will, erweist sich die Zufahrt als zu eng. Was tun, ist nun die Frage. Ich habe keine Lust darauf, mein Fahrzeug außerhalb der Tiefgarage am Straßenrand zu parken. Kurzerhand machen uns die Vermieter den Vorschlag, aus dem von ihnen jetzt bewohnten kleinen Einfamilienhaus, das nur einige Straßen entfernt liegt, in ihre neue Wohnung umzuziehen und uns das Haus zu überlassen. Ein generöser Vorschlag. Gesagt – getan. Nun brauchen wir Möbel. Manchmal streife ich durch das damals noch bestehende Karstadt Möbelhaus auf der Theresienhöhe, um das attraktive Angebot zu besichtigen. Deshalb tun wir uns keine lange, ermüdende Suche durch mehrere Möbelhäuser in und um München herum an. Wir machen kurzen Prozess, und suchen uns eine schicke, moderne Wohnzimmereinrichtung und die uns ansprechenden Betten und Schlafzimmerschränke bei Karstadt aus. Nur einmal besuchen wir außerhalb von München auf dem Land ein kleines Einrichtungshaus für englische Stilmöbel. Katerina möchte einen aparten Mahagonischreibtisch, der sich gut in unser Wohnzimmer einfügt. Stolz parke ich meinen nagelneuen BMW auf der Straße vor dem Einrichtungsgeschäft. Als wir eine Stunde später wieder ins Auto steigen, macht mich Katerina entsetzt auf einen beträchtlichen Kratzer in der Beifahrertür aufmerksam. Drei Rüpel, die auf einer Bank keine zehn Meter entfernt sitzen, grinsen uns hinterhältig an. Ich muss mich sehr beherrschen, um einem massiven Streit aus dem Wege zu gehen.

Katerina braucht ebenfalls einen fahrbaren Untersatz. Ein kompaktes Stadtauto wünscht sie sich. Sie verliebt sich in einen Lancia Y 10. Die mit Alcantara bezogenen Sitze, die elektrischen Fensterheber und die Zentralverriegelung haben es ihr angetan. Bei einem Händler aus dem Starnberger Raum erhalten wir ein entsprechendes Fahrzeug. Die Testzeitschrift Auto-Bild titelt später über den italienischen Flitzer: Eine kleine Dauerbaustelle. Was ich leider nur bestätigen kann.

Katerina wechselt ihren Arbeitsplatz. Die Besitzerin einer angesehenen Modeboutique gleich um die Ecke des Restaurant Waldheimer kommt ab und zu zum Essen. Die beiden kommen ins Gespräch und die Geschäftsinhaberin stellt bei einem kurzen Gespräch schnell fest, dass Katerina in Modefragen topfit ist. Kurzerhand macht sie ihr ein tolles Angebot und wirbt sie ab. Die verbrachte Zeit im Waldheimer ist aufregend und abwechslungsreich gewesen. Doch nun freut sie sich auf die neue Aufgabe. Der Umgang mit edlen Stoffen bereitet ihr sichtlich Vergnügen. Mir hingegen bereitet es große Freude, mit meinem Schatzi nun auch den Samstag abwechslungsreich zu verbringen, denn dieser Tag ist für sie arbeitsfrei.

Ein Besorgnis erregendes Ereignis macht mir kurz darauf stark zu schaffen. Mein Partner Hubert bekommt massive Schwierigkeiten mit der Hypothekenbank, die den Großteil seines Immobilienbesitzes finanziert. Nach und nach gesteht er mir, dass er sich aus Faulheit seit längerem nicht mehr richtig um seine Wohnhäuser kümmert. Mieter kündigen und ziehen aus. Deren Schreiben ignoriert er. Lästig ist ihm die Abwicklung geworden, so dass er die Schreiben ungeöffnet in einem blauen Müllsack verschwinden lässt. Teilweise bleiben die Wohnungen leer, in andere nisten sich Junkies ein und ruinieren die Appartements total. Als die Mieteinnahmen immer spärlicher fließen, macht die Bank den Deckel zu und kündigt die Darlehen. Das Ende vom Lied ist die Zwangsversteigerung der Objekte.

Als problematisch erweist sich, dass wir vor kurzem ein neues Grundstück inklusive bereits fertiger Planung erwerben konnten. Eine günstige Gelegenheit ist es gewesen. Dieses Objekt gilt es nun von Huberts persönlicher Bürde zu trennen. Nach langen, schwierigen Verhandlungen mit den Beteiligten und manch schlafloser Nacht gelingt mir dann doch das Unterfangen. Unter dem Strich bleibt jedoch ein Verlustbetrag in sechsstelliger Höhe aufgrund der bestehenden Umstände an mir hängen. Doch immerhin bin ich zukünftig von Hubert und seinem Chaos befreit.

Der durchgestandene Stress veranlasst uns zu einer kurzen Reise nach Lignano Sabbiadoro. Wir müssen einfach ein paar Tage weg von München, weg vom Büro und der Arbeit. In Lignano finden wir nach kurzer Suche ein reizendes Hotel. Wir sind also bestens versorgt. Eines Abends haben wir es uns vor einer Bar bequem gemacht. Lebhaftes Treiben auf der Straße zieht an uns vorbei. Plötzlich dröhnt eine laute Stimme neben uns: „Was macht ihr denn da..." Ein Bekannter aus München mit seiner Frau steht neben uns. Beide grinsen wie Honigkuchenpferde. Ich kann die beiden nicht ausstehen. Er ist ein Aufschneider und Dampfplauderer. Seine Frau, eine Glucke, nickt zustimmend zu allem, was ihr Gockel von sich gibt. Ausgerechnet diese Leute hier zu treffen verdirbt mir schlagartig meine gute Laune. Katerina hingegen reagiert souverän. Nichts ist ihr anzumerken. Ohne zu fragen, nehmen Signora Glucke und Signor Gockel auch schon bei uns Platz. Sie bedauern es lautstark, dass wir uns nach kurzer Zeit auf den Weg in unser Hotel machen.

Auf dem Weg dahin überholt uns mit kreischendem Motorgeräusch ein Ferrari. Das darf ich mir nicht gefallen lassen. Hier kann ich mich abreagieren. Ich trete das Gaspedal meines Zwölf-Zylinder-BMW voll durch. Eine kurze Strecke kann ich an dem Sportwagen dranbleiben, dann zieht er davon. Zum ersten Mal in unserer Beziehung erlebe ich Katerina wütend. Angst ergreift sie. Lautstark schimpft sie mit mir. Ich äußere mich lieber nicht dazu. Insgeheim gebe ich ihr jedoch Recht. Auf die erhofften zärtlichen Leibesübungen muss ich in dieser Nacht jedoch verzichten. Am nächsten Morgen ist sie liebevoll wie immer. Sie ist eben nicht nachtragend. Eine raffinierte Reaktion ihrerseits erfolgt dennoch. Auf dem Schreibtisch liegt ein Denkzettel.

„Mein Mäuschen ärgert mich! Ich hoffe, dass so etwas nicht mehr passiert."

Bisher bin ich immer ihr Bärchen gewesen. Nun bin ich degradiert worden. Ich werde ab sofort aufpassen, dass ich nicht eines Tages als Ameise oder Mücke ende.

Mit Elan vertiefe ich mich in das neue Bauprojekt. Es muss zügig voran gehen, schließlich kostet jeder Tag eine Menge Geld. Die Bank belastet gnadenlos Bauzeitzinsen dem Konto, Architekten und Ingenieure verlangen ihre Honorare für erbrachte Leistungen, Handwerksbetriebe stellen ihre Rechnungen, der Staat sichert sich gierig seinen Anteil an der Beute, alle wollen bezahlt werden. Mein Unternehmen weist einen gerade anfangs der Geschäftstätigkeit womöglich entscheidenden Nachteil auf. Der sich auch erst im Laufe der Tätigkeit stärker heraus kristallisiert, nämlich prinzipiell zu wenig vorhandenes Eigenkapital. Während die großen, alteingesessenen Bauträger eine dicke finanzielle Speckschicht vorweisen können, die sie sich in den betongoldenen 60er und 70er-Jahren zugelegt haben, führe ich mein Geschäft angesichts der bewegten Summen mit verhältnismäßig geringen Eigenmitteln. Ein zu teurer Grundstückseinkauf, eine fehlerhafte Kostenkalkulation oder eine zu lange Vermarktungszeit der

Wohnungen, aus welchen Gründen auch immer, können sich fatal auswirken. Nicht zu vergessen das gesetzliche fünfjährige Haftungsrisiko, das sich nicht nur auf eigene Fehler bezieht, sondern auch einschließt, für von Handwerkern verursachte Mängel einstehen zu müssen. Dazu kommt, dass Banken bei wirtschaftlichem Sonnenschein zwar sehr gerne mit Kredit um sich werfen, hingegen dann, wenn dunkle Wolken am Horizont auftauchen, sehr schnell den Kontoausgleich fordern. Hier taucht dann das Kardinalproblem auf: Immobilien sind, wie der Name schon sagt, nicht mobil. Zügige Manöver, wie sie mit mobilen Wirtschaftsgütern möglich sind, sind bei Immobilien ausgeschlossen. Es sei denn unter erheblichen Verlusten.

Katerina begreift dieses Geschäft und die damit verbundenen Zusammenhänge und Probleme. Intuitiv ist ihr bewusst, dass dies eine andere Welt ist. Eine Welt, die vom Kampf geprägt ist, wo es fast zum guten Ton gehört, den Geschäftspartner möglichst zu übervorteilen. Wo es eben nicht genügt, sich auf eine Bühne zu stellen, ein Liedchen zu trällern, um dafür frenetisch bejubelt zu werden. Anschließend wird die Geldvermehrungsmaschine angeworfen und es werden Zehntausende oder Hunderttausende CDs vermarktet. Schnelles Geld. Ich kann mit ihr auch meine zweifellos vorhandenen Sorgen und Nöte besprechen. Es tut mir unglaublich gut, daraufhin von ihr zu hören: „Ach, weißt du Liebling, selbst wenn Du Pleite bist, ändert das nichts an unserer Verbindung. Ich liebe Dich und nicht dein Geschäft! Dieses schätze ich aber sehr, weil es ein Teil von Dir ist."

Schock

Unmittelbar nach dem Bezug des gemieteten Hauses damit beginnend, durchkämme ich fortlaufend unser Wohnviertel auf der Jagd nach einem mit meinen Vorstellungen deckungsgleichen Grundstück, auf dem ich unser eigenes Haus errichten kann. Das erweist sich mühsamer als gedacht. Denn es soll auf jeden Fall ruhig gelegen sein. Größenmäßig wären um die fünfhundert Quadratmeter ausreichend. Das hält auch den Kaufpreis im vernünftigen Rahmen. Architektonisch schwebt uns grundsätzlich für das Haus ein möglichst symmetrischer Grundriss vor. Im Erdgeschoss bringen wir das Wohnzimmer, ein Arbeitszimmer, sowie Küche und WC unter, im Obergeschoß drei Zimmer und das Bad. Von einem einfallsreichen Architekten habe ich bereits eine Skizze anfertigen lassen, die unserem Traumhaus sehr nahe kommt.

Mehrere Objekte befinden in meinem Focus, doch keiner der Eigentümer will bisher verkaufen. Bei einigen der teilweise großen Grundstücke wäre ohne weiteres eine Realteilung möglich, doch auch auf einen Teilverkauf ließen sich die Leute nicht ein. Also heißt es, sich nachgerade auf die Lauer zu legen, zu warten und zwischendurch immer wieder den Kontakt zu pflegen.

Dieses private Vorhaben und meine wachsenden geschäftlichen Aktivitäten verstellen mir unbemerkt den Blick auf Katerina. „Peter...", sie sucht nach den richtigen Worten, verkriecht sich in eine Ecke des Bettes, in dem wir uns soeben geliebt haben, „Peter, ich muss Dir was sagen. Ich werde Dir nicht mehr lange bleiben. Aber ich schicke Dir dann eine hübsche junge Frau, die für Dich da sein wird." Ich bin irritiert. Wie soll ich denn darauf reagieren? Was um Himmels Willen will sie damit andeuten? Dass sie mich zu verlassen gedenkt? Ist unsere Liebe in Gefahr? Angst umfängt mein Herz. Was für eine mysteriöse Äußerung. Ich bedränge sie, will genau wissen, was sie damit meint, was es zu bedeuten hat. Trennen will sie sich nicht von mir, eröffnet sie mir mit verhangener Stimme. Mehr sagt sie nicht. Plötzlich wechselt sie von einem Moment auf den anderen von der düsteren Stimmung in heiteren Gleichmut. „Lass es gut sein...ist schon in Ordnung", murmelt sie. Ihren Worten fügt sie nichts weiter hinzu. Manchmal ist mir diese Frau ein Rätsel. Ab diesem Zeitpunkt bin ich mir sicher, dass sie in psychischen Schwierigkeiten steckt, mit denen sie mich jedoch nicht belasten will. Anscheinend ist vorhin der Druck in ihr übermächtig geworden und hat sich ein Ventil gesucht. Fatalerweise hat sich das Ventil zu früh geschlossen, mich damit von ihrer Seele getrennt.

Ein paar Tage auf Mallorca im Vorgriff auf Katerinas bald anstehenden Geburtstag werden uns guttun. Also nichts wie rein ins Reisebüro, wo wir in der Mitarbeiterin auf eine ausgemachte Mallorca-Liebhaberin treffen. Sie empfiehlt uns jetzt zur Mandelblüte das Landesinnere. Besonders die Gegend um Llucmajor schwebt in einem Meer aus weißen und zartrosafarbenen Mandelbäumen. Dort können wir auf Fahrrädern dahingleitend in den Blütenduft eintauchen. Katerina bekommt bei der Schilderung dieser Pracht glänzende Augen. Wir buchen eine Woche in einer kleinen, aber von den Fotos her sehr ansprechenden Finca am Ortsrand von Llucmajor.

Das verschlafen wirkende Städtchen selbst bietet uns mit seinen damals etwa fünfzehntausend Einwohnern keine architektonischen Besonderheiten, jedoch die von den Einheimischen ausstrahlende Gelassenheit tut uns richtig gut. Das ist es, was wir brauchen. Die traumhafte Pracht der blühenden Mandelbäume versetzt uns zudem in eine romantische Welt. Wir atmen den Duft der Blüten und fühlen uns frei und ungebunden in diesem Paradies. Ich erstehe für Katerina einen Flakon Flor d`Ametler. In diesem Parfum vereinen sich sinnlich die Reinheit und der Wohlgeruch der Mandelblüten, das mallorquinische Licht, die Wärme und die Sonne.

Gleich bei unserer Ankunft mieten wir am Flughafen ein Auto. Damit sind wir unabhängig und können kreuz und quer über die Insel fahren. Von Llucmajor aus chauffiert uns dann Katerina in gemächlichem Tempo zunächst an der Ostküste entlang bis an den nördlichsten Punkt der Insel, Port de Polenca, wo wir Rast machen. Zurück rollen wir mit unserem Seat über Inca und dann quer durch das Land. Etwa zehn, fünfzehn Kilometer vor Llucmajor treffen wir am späten Nachmittag auf ein Landgasthaus. Weit und breit ist kein anderes Gebäude zu sehen, es befindet sich also mitten in der Prärie, wie man so sagt. Magisch zieht es mich an. Im selben Moment schlägt Katerina auch schon das Lenkrad ein und fährt auf den Parkplatz, wo sie das Fahrzeug unter einem Schatten spendenden Baum abstellt. Wir lächeln uns an. Wie fast immer verstehen wir uns ohne Worte. Anscheinend gibt es zwischen uns eine unsichtbare, geheimnisvolle Verständigungsleitung. Als wir aussteigen, riechen wir es. Ein geradezu unverschämt leckerer Duft liegt in der Luft. Plötzlich spüren wir mächtigen Hunger. Später sind wir uns einig: Noch nie in unserem Leben haben wir einen derart delikaten Spanferkelbraten gegessen. Das Geheimnis liegt wahrscheinlich in der Füllung des Schweinchens. Die überaus geschmackvollen Mandeln und mallorquinische Gewürze verleihen dem Fleisch seinen überirdischen Geschmack. Und als ob dies nicht schon gereicht hätte, serviert die hübsche junge Camarera uns auch noch goldgelben, kühlen Landwein zum Essen. So sitzen wir anschließend satt und zufrieden unter violett blühender Bougainvillea. In diesem Moment ist uns die ganze Welt egal. Eigentlich, sagen wir glücklich zueinander, wollen wir von hier nicht mehr weg.

Die weiteren Tage verbringen wir mit Spaziergängen in den Mandelbaumhainen, besuchen Palma und die Westküste Mallorcas mit den Orten Valldemossa, Andratx und Santa Ponca, wo ich vor Jahren einige Runden Golf gespielt habe. Selbstverständlich versäumen wir nicht, uns an der Playa Es Trenc zwischen Sa Rapita und Colonia de Sant Jordi in den durchsonnten, warmen Sand zu legen, wo uns die entspannende Meeresbrandung zu einem kurzen Nickerchen einlädt.

Zurück in München tauchen wir wieder in die Routine unserer beruflichen Aufgaben ein. Mehrere Wochen später bin ich auf dem Weg zum Notar, als ich Katerina unvermittelt treffe. Sie besucht ihren neuen Arzt, der gleich um die Ecke meines Büros seine Praxis betreibt, erzählt sie mir. Er ist Internist mit naturheilkundlicher Ausrichtung. Als ich sie nach dem Grund des Arztbesuchs frage, weicht sie mir aus und beschwichtigt mich, es handle sich bloß um eine gewöhnliche Untersuchung. Ich kann mich des Eindrucks nicht erwehren, dass sie über meinen Notartermin erleichtert ist, und wir uns deshalb nur flüchtig miteinander austauschen können.

In den darauf folgenden Wochen wird sie immer ernster und stiller. Ich sitze gerade in einer Geschäftsbesprechung, als sie mich mit vibrierender Stimme anruft. Sie müsse sich sofort mit mir treffen, es sei äußerst wichtig, beteuert sie. Treffpunkt beim Weißen Bräuhaus im Tal. Ich frage nicht lange nach der Ursache ihres Anrufs, sondern mache mich zehn Minuten später auf den Weg zu ihr. Dieses Verhalten passt so ganz und gar nicht zu ihr. Ich bin in erheblicher Sorge, etwas Schlimmes muss geschehen sein.

Da steht sie, verängstigt, klein und schwach. Ich nehme sie in meine Arme, drücke sie an mich. In ihren Augen steht erbärmliche Angst. Dann brechen die Worte nur so aus ihr heraus. Sie ist nebenan beim Frauenarzt gewesen, wegen eines Knotens in ihrer rechten Brust. Der Arzt hat eine Biopsie vorgenommen, um zu klären, ob es sich um eine Zyste, eine gutartige oder eine bösartige Geschwulst handelt. Jetzt sehe ich den Zusammenhang, warum sie verschiedene Ärzte aufgesucht hat. Jäh überfällt mich die Angst um sie, schlägt mir brutal in meine Magengrube. Mir wird eiskalt. Ein untrügliches Gefühl überfällt mich, dass diese Punktion ein grober Fehler war, welche im Ergebnis das Verschleppen von womöglich bösartigen Tumorzellen begünstigt. Was geschieht, wenn ein möglicher Tumor dadurch jetzt Metastasen streut? Im Bruchteil einer Sekunde schießen mir diese Gedanken durch den Kopf. Ich hüte mich jedoch davor, diese Gedanken vor ihr auszusprechen, sondern versuche ihre in Aufruhr befindlichen Gefühle zu beruhigen. Auch wenn es uns schwerfällt, sage ich zu ihr und auch zu mir, das Ergebnis ist schließlich noch offen.

Zwei bis drei Tage soll es dauern, bis der Befund vorliegt. Schließlich ist es soweit. Der erwartete Anruf aus der Arztpraxis erreicht uns unversehens. Die Arzthelferin gibt uns zu unserer drängenden Nachfrage vorab am Telefon keine Auskunft. Sie verweist auf den Arzt. Katerina soll in die Praxis kommen, wo sie der zuständige Arzt aufklären wird. Selbstverständlich begleite ich sie. Wir warten nur kurz, dann bittet uns der Arzt in sein Behandlungszimmer. Nach einer kurzen Vorrede nennt er die Diagnose: Mammakarzinom. Von einem Augenblick auf den anderen bricht unsere gewohnte Welt zusammen. Das kann und das darf doch nicht sein. Katerina ist doch zudem erst fünfunddreißig Jahre alt. Der Arzt erkennt unseren angsterfüllten emotionalen Stress, der uns von einem auf den anderen Augenblick wie ein böses Tier angefallen hat, und versucht noch einige Erklärungen abzugeben. Wir nehmen sie nicht mehr wahr, nicken nur noch ein paarmal. Nur raus aus der Praxis wollen wir, nach Hause fahren und uns zunächst nur noch verkriechen.

Odyssee

Nachdem unsere schreckliche Bestürzung einigermaßen überwunden ist, versuche ich Katerina zu trösten. Künstlich verleihe ich meiner Stimme Festigkeit, verberge meine schreckliche Hilflosigkeit. Doch ich kann ihr nichts vormachen. Mit verschleierten Augen sieht sie mich an. „Ich habe dieses Ergebnis erwartet, gefühlt, dass es so kommen wird." sagt sie mit leiser Stimme. Ich streichele sie, drücke sie an mich. Ihre Angst ist derart übermächtig, dass sie nicht weinen kann. „Noch ist nichts entschieden!" antwortete ich mit Nachdruck. „Wir werden alle Hebel in Bewegung setzen, um Dir zu helfen."

Das tun wir dann auch intensiv. Wir informieren uns über den gesamten Komplex rund um das Thema Brustkrebs. Ich kaufe medizinische Fachbücher. Von einem Facharzt zum anderen pilgern wir. Menschen mit Gefühl und Anteilnahme sind darunter, aber auch Idioten. So wie der „Facharzt" in der Sendlinger Straße, der sich nicht lange mit der Diagnose und ihren Folgen aufhält, sondern spontan seine Augen weit aufreißt und mit dem, was er aussagt, Katerina noch mehr Angst einjagt. „Ja, also da sehe ich nicht die geringste Chance für Sie. Machen Sie sich bereit, schon bald von dieser Welt zu gehen…" tönt er lautstark. Ich kann mich nur mühsam beherrschen, ihm nicht meine Faust in seine dummdreiste Fresse zu schlagen. Wir drehen auf dem Absatz um und verlassen die Praxis. Das Letzte, was Katerina jetzt braucht, sind solche furchtbaren Sprüche. In der Folge treffen wir aber auch auf eine kompetente, einfühlsame Ärztin. Sie spricht ganz offen mit Katerina, erklärt ihr mit ruhigen Worten die Gefahr, in der sie sich befindet. Dass sie natürlich auch gute Chancen hätte, diese körperliche Komplikation zu überstehen. Mit ihrer beruhigenden Art flößt sie ihr neuen Mut ein. Während wir danach ins Auto einsteigen, bekräftige ich: „Wir werden kämpfen, meine große Liebe. Du und ich, wir werden gemeinsam kämpfen!"

Oh ja, unter diesen Umständen die Nerven zu bewahren, um die Kraft für die Abwehr dieser Bedrohung aufzubringen, das ist jetzt das Gebot der Stunde. Sorgen macht uns vor allen Dingen der Zeitdruck, unter dem wir stehen. Der Tumor in ihrer rechten

Brust weist einen Durchmesser von fast zwei Zentimetern auf. Wie uns die Ärzte sagen, ist das die kritische Größe, ab der in der Regel zumindest eine Amputation der Brust erforderlich wird. Und dann taucht eine unerwartete Komplikation auf. Katerina spricht mich eines Tages darauf an: „Peter, ich will es Dir nicht verschweigen. Wenn ich so verstümmelt werden soll, dann brauchst Du nicht mehr bei mir zu bleiben. Dann will ich im Grunde genommen auch nicht mehr leben." Mit ihrer so unerwarteten Äußerung jagt sie mir einen mächtigen Schrecken ein. Wie kommt sie nur auf solch absurde Gedanken. „Katerina..." rege ich mich auf, „was fällt Dir ein. So darfst Du nicht denken. Ich verstehe Dich ja, Du bist stolz auf Deinen vollständigen Körper und ich bin es auch. Aber ich liebe zuallererst Dich und Deine Seele. Deine Liebe, die Du mir andauernd zeigst ist das Schönste und Höchste für mich. Selbstverständlich liebe ich auch Deinen Körper, Deine Brüste, die mir so viel Freude bereiten. Jedoch selbst dann wenn Du beide Brüste verlierst, rücke ich keinen Millimeter von Dir ab, verlasse Dich nicht. Du bist und bleibst mein Ein und Alles. Basta!" schiebe ich energisch hinterher. Sie lächelt mich liebevoll an. Doch ihre Augen verraten ihre seelische Not. Ich nehme ihre Hand, umfasse ihre Hüfte und ziehe sie energisch in ihr Schlafzimmer.

Unglaublich schwer ist die Entscheidung, denn wir befinden uns in einem schrecklichen Dilemma. Soll noch abgewartet werden oder soll sie sich so schnell wie möglich operieren lassen? Wenn OP, dann war die Frage in welcher Klinik dies geschehen soll. Wir kommen nicht weiter. Also nehmen wir ein paar Tage Auszeit und fahren nach Prag. Sie will zu ihrer Mutter, ihr die schlimme Nachricht persönlich mitteilen und sich mit ihr besprechen. Während unseres Besuchs unternehme ich mit ihrer Schwester und deren kleiner Tochter einen Besuch des Schlosses Troja im gleichnamigen Stadtteil. Nach unserer Rückkehr berichtet mir Katerina von der Reaktion ihrer Mutter, die einigermaßen gefasst ausgefallen ist. Im Laufe des Gesprächs macht die Mutter sie auf einen Heiler aufmerksam, der tatsächlich Erfolge bei schweren Krankheiten durch Handauflegen und Über-den-Körper-streichen erzielt haben soll. Er wohnt in einem kleinen Dorf etwa zwanzig Kilometer außerhalb der Stadt. Am nächsten Morgen brechen wir zu einem Besuch bei ihm auf. Selbst wenn die

Chancen auf Heilung oder wenigstens Rückgang des Tumorwachstums bei vernünftiger Betrachtung äußerst gering sind – wir wollen nicht das kleinste Fitzelchen an Möglichkeiten verschenken. Der Heiler wohnt in einem für dortige Verhältnisse repräsentativem Haus mitten im Dorf. Es handelt sich bei ihm um einen sehr angesehenen und wohlhabenden Mann. Wir sind beeindruckt. Er selbst ist von kräftiger Statur, schnauft wie ein Stier vor der Schlachtung. Nur weil wir aus dem Ausland kommen, dürfen wir zur Behandlung bleiben, so seine Ansage. Denn seine „Praxis" ist gerammelt voll mit fast ausschließlich Frauen im fortgeschrittenen Alter. Doch Katerina und ich ahnen, dass das beträchtliche Honorar, das ich seinem Sohn und Assistenten zustecke, seiner Bereitschaft zur Behandlung von Katerina als entscheidender Beweggrund förderlich ist.

Nach einer Viertelstunde ist alles vorbei. Angefangen vom Kopf bis zum Gesäß streicht er in dieser Zeit mit kraftvollen Bewegungen nur wenige Zentimeter über ihren Körper, um anschließend seine Hände heftig seitlich auszuschütteln. Doch um sicher zu gehen, dass sein Wirken sich als Erfolg versprechend erweist, soll Katerina in vier Wochen zur Nachbehandlung kommen. Ich hingegen bin unschlüssig, was ich davon halten soll. Ich möchte doch so gerne glauben, dass dieses Ritual heilt. Katerina ist in sich gekehrt. Sie meint nur einsilbig, es erzeugt ein warmes Gefühl in ihrem Körper.

Wieder zu Hause angekommen, lassen wir uns einen Termin bei Prof. Hackethal, der sich als Spezialist für ganzheitliche Krebstherapie bezeichnet, geben. Er praktiziert in seiner Klinik in Bernau am Chiemsee. Von München aus ist es für uns nur ein Katzensprung dorthin. Prof. Hackethal ist jedoch ein umstrittener Arzt. Sein Therapieansatz besteht nach seiner Überzeugung darin, dass der kranke Mensch seine ihm eigenen Selbstheilungskräfte und damit seinen eigenen inneren Arzt wecken soll, was ja unbestreitbar grundsätzlich richtig ist. Lediglich zusätzlich sollen ergänzend ausgewählte Methoden der modernen Medizin zur Anwendung kommen, um die Störung im Körper zu beseitigen. Als wir vor ihm sitzen, macht er einen kompetenten, zudem auch einfühlsamen Eindruck auf uns. Im Ergebnis rät er Katerina, eine Operation noch ein wenig aufzuschieben und in dieser Zeit andere Heilungsansätze zu versuchen. Dazu soll sie in seine Klinik aufgenommen werden.

Wieder vertagen wir die Entscheidung. Katerinas große Angst vor einer Verstümmelung ihres Körpers ist nach wie vor vorhanden. Ich bin weiterhin auf der Suche nach Informationen, die diesen Konflikt endlich lösen. Zum wiederholten Mal suche ich in einer medizinischen Fachbuchhandlung nach praxisgerechten Büchern. Während ich das Regal absuche, betritt die Buchhändlerin aus einem Nebenraum kommend den Laden. Zwischen ihren Händen und Armen einen beträchtlichen Stapel Bücher balancierend. Obendrauf eine Abhandlung von Dr. Gros mit dem Titel „Gynäkologie für Frauen." Ich nehme das Buch unverzüglich in meine Hand, blättere und lese darin. Obwohl er anschaulich über die verschiedenen Maßnahmen schreibt, ist es eigentlich nicht die Lektüre, die ich zu finden hoffe.

Bis ich auf das Kapitel Operationen an der Brust stoße. Insbesondere, was er im Hinblick auf brusterhaltende Operationen ausführt, fasziniert mich in höchstem Maße. Er schreibt: „Man weiß inzwischen, dass es bis zu einem Tumordurchmesser von zwei cm für den weiteren Krankheitsverlauf keine Rolle spielt, ob man amputiert oder nur den Knoten entfernt und eine Nachbestrahlung durchführt. Da die gleichwertigen Heilungs-aussichten bis zu dieser Größe durch große Untersuchungen gesichert sind, raten viele Experten, das brusterhaltende Vorgehen auf Tumore von unter zwei cm zu beschränken."

Da ist er – der Hinweis, der den Weg auf-zeigt. Eilig mache ich mich auf den Weg zu Katerina. „Peter, dort will ich auf jeden Fall hin!" verkündet sie mit entschiedener Stim-me. „Mein Gefühl sagt mir, dass ich zu die-sem Arzt uneingeschränkt Vertrauen haben kann."

Dr. Gros, tätig als Oberarzt in der Frauen-klinik Wetzlar, ist zunächst überrascht von meinem Anruf. „Ihr Buch führt uns zu Ihnen." gebe ich ihm Auskunft. Ich schildere ihm kurz Katerinas Notlage. Ohne weitere Diskussion schlägt er einen Termin zwei Tage später vor. Das passt. Wir sind dank-bar. Wir machen uns diesem Tag bereits zeitig früh auf den Weg. Eine Aktentasche auf dem Rücksitz des Autos beinhaltet sämtliche Unterlagen zu Katerinas Befund.

Als wir Dr. Gros zum ersten Mal sehen, ist er uns als Mensch und Arzt auf Anhieb sympathisch. Und wir ihm anscheinend ebenso. Wir versprechen uns von ihm für Katerina Hilfe und Heilung. Dr. Gros untersucht Katerina sorgfältig. Abschließend schlägt er ihr vor, den Tumor operativ zu entfernen. Nachdem die bisherigen Kontrollen keine Hinweise darauf erbracht haben, dass der Tumor bereits streut, empfiehlt sich die brusterhaltende Operation. Diese Nachricht zaubert ein kleines Lächeln auf Katerinas Gesicht. Vielleicht ist alles doch nicht so bedrohlich, wie wir annehmen. Herzlich verabschiedet uns der Arzt. „In einer Woche sehen wir uns dann wieder. Ich werde für Sie tun, was immer mir möglich ist..." Seine Worte sind Balsam für unsere aufgewühlten Seelen.

Auf dem Parkplatz der Klinik umarmen wir uns endlos lang, atmen im Gleichklang unserer aufgewühlten Gefühle. Sie weint leise. „Ich liebe Dich." flüstere ich ihr ins Ohr. „Ich will für Dich atmen." antwortet sie.

Wieder zu Hause finde ich eines Morgens ein an mich gerichtetes Kuvert auf dem Esstisch liegend vor. Inhalt ist eine Liebeserklärung an mich.

Liebster,

jetzt will ich nur über Dich, über unsere Liebe und unser Glück reden,
weil das Andere, was ich im Moment empfinde, nur große Angst ist.

Nicht nur um meine Gesundheit, sondern auch Angst um das große Glück zwischen uns beiden, das Größte und Schönste, was uns geschehen konnte.

Peter, ich habe Dich schon immer wahnsinnig geliebt, aber jetzt bin ich
endlich das, was ich schon immer für Dich sein wollte.

Deine Frau, dein Ein und Alles für immer.

Es wird uns nichts und niemand mehr auseinander bringen.

Peterle, ich will Dich glücklich machen, wie es nur möglich ist.

Ich liebe Dich, ich will mit Dir schlafen, la-
chen, weinen und alles teilen.
Ich bewundere Dich als Mann und schätze
Dich als Mensch.

Peter, ich bin einfach in Dich verknallt und
liebe jedes Pfund und jedes Haar an Dir und
alles, was zu Dir gehört.

Du bist so voller Energie und Sonne. Ich wür-
de Dich am liebsten immer küssen.

Wenn ich ohne Dich bin, bin ich kaputt vor
Sehnsucht. Du bist nicht nur ein Teil von mir,
sondern noch viel mehr.

Peter, das war die Liebeserklärung, die ich
Dir schon lange machen wollte.

Deine Katerina

Verwirrung

Die darauf folgende Woche verbringen wir unter beträchtlicher Anspannung. Pausenlos beschäftigt uns die Frage, ob die Operation einen Schlusspunkt setzt in diesem bitterbösen Spiel des Lebens. Beide hoffen wir inständig, dass das der Fall sein wird. Freilich muss Katerina vor allem in den nächsten fünf Jahren sehr auf sich Acht geben, doch das soll unsere geringste Sorge sein.

Nach einer ruhigen Fahrt kommen wir in Wetzlar zum zweiten Mal an. Katerina wird freundlich in der Frauenklinik aufgenommen. Dr. Gros ist anwesend und begrüßt uns herzlich. Die Aufnahme ist bereits organisatorisch vorbereiten. Sogar ein Einzelzimmer ist für sie reserviert. Es ist für uns Münchner ungewöhnlich, wie fürsorglich er sich um sie kümmert. Nachdem alle Formalitäten in der Klinik erledigt sind, spazieren wir zu einer naheliegenden Pension, in welcher ich ein Zimmer miete. So bin ich in Reichweite zu meinem Liebling. Am folgenden Tag finden die üblichen Untersuchungen statt. Anlässlich dieser Gelegenheit trete ich mit einem ungewöhnlichen Anliegen an Dr. Gros heran. Katerina hat mich gebeten, bei der Operation dabei zu sein. Es ist ihr zwar bekannt, dass das nicht üblich ist und wohl abschlägig beschieden werden würde. Aber als ich Dr. Gros darauf anspreche, schaut er mir jedoch nur einen Moment intensiv in die Augen, um daraufhin ohne weitere Fragen meiner Bitte zuzustimmen.

Die Operation steht bevor. Katerina ist von ihrem Zimmer aus schon in ihrem Bett liegend in den Operationsraum gebracht worden, wo der Anästhesist seine Aufgabe wahrnimmt. Eine freundliche Krankenschwester führt mich zur Operationssektion, wo ich steril eingekleidet werde. Nun darf ich den Raum betreten. Katerina liegt auf dem Operationstisch, ihr Kopf befindet sich hinter einem vertikalen Vorhang, ihren Körper decken ebenfalls grüne Tücher ab. Lediglich am Oberkörper lässt ein Ausschnitt ihre rechte Brust offen. Dr. Gros weist mir einen Platz zu, an dem ich den Ärzten nicht im Wege bin. Sodann geht alles recht schnell vonstatten. Mit einem zügigen Schnitt seines Skalpells eröffnet er die Brust. Weitere in die Tiefe des Brustgewebes eindringende Schnitte schälen den Tumor

heraus. Mit einer Zange fasst er die grauge-
sprenkelte, kugelförmige Wucherung und
zeigt sie mir. Unfassbar, dass darin womöglich der Tod wohnt. Eine kalte Welle läuft
meinen Rücken hinunter; ich friere plötzlich. Sogleich wird das Gewebe zur weiteren
pathologischen Untersuchung weggebracht.
Die telefonische Rückmeldung kurz darauf
bestätigt, dass durch den Schnellschnitt
nur innerhalb des Karzinoms Krebszellen
nachzuweisen sind, nicht jedoch im umgebenden Gewebe und im aus der Achselhöhle
entfernten Lymphgewebe. Es sieht also
recht gut aus für eine vollständige Genesung.

Eine Stunde später wacht Katerina aus der
Narkose auf. Ich sitze neben ihrem Bett,
um sie während ihres Schlafs zu behüten.
Schließlich überwindet sie ihre Benommen-
heit. Ihre erste Frage ist, ob der Eingriff er-
folgreich verlaufen ist. Ich kann sie beruhigen und erzähle ihr, welche Ergebnisse sich
ergeben haben. Beide sind wir ungeheuer
erleichtert. Später, Katerina befindet sich
bereits in ihrem Zimmer, hole ich eine mit-
gebrachte kleine Flasche Wodka aus meiner
Jackentasche und trinke sie mit zwei Schlu-
cken aus. Erst dann löst sich die fast uner-

trägliche nervliche Anspannung in mir auf. Ich halte ihre Hand fest, und wir kichern wie zwei Kinder.

Die lärmende, unruhige Betriebsamkeit des Tages ist abgeklungen und macht einem gedämpften Abend im Krankenhaus Platz. Katerina schläft, während ich versuche, in einem mitgebrachten Buch zu lesen. Ich stehe auf und strecke mich; der Stuhl ist nicht gerade bequem zu nennen. Ein wenig frische Luft im Zimmer ist auch nicht zu verachten. Ich öffne das Fenster weit, stütze meine Arme auf die Fensterbank. Im schwarz-blauen Himmel glitzern Myriaden von Sternen. Ein atemberaubender Anblick. Ein glitzernder, großer Stern am Horizont zieht mich in seinen Bann. Seine Farbe schimmert bläulich, wie bei einem blauen Diamanten, auf den das Licht der Sonne fällt. Wie ihre Augen, ziehe ich einen Vergleich. Vielleicht ist dieser Stern ein Symbol, ein Zeichen des Himmels, dass sie wieder vollkommen gesund wird.

Es ist wunderbar, sie erholt sich erfreulich schnell. Dr. Gros ist ausgesprochen zufrieden mit der Entwicklung und stellt ihr eine baldige Entlassung aus der Klinik in Aus-

sicht. Er bespricht mit ihr eine ganze Reihe
wichtiger Pflegeanweisungen. Sobald sie
wieder zu Hause ist, wird sie sich zur Nach-
sorge an die Ärztin halten, die ihr in der
Vergangenheit hilfreich zur Seite gestanden
ist. Schließlich empfiehlt sich noch eine
Nachbestrahlung des betroffenen Bereichs.
Beim Abschied versprechen wir Dr. Gros,
ihn bei nächster Gelegenheit zu besuchen.
Zurück in München beansprucht mich mein
Geschäft intensiv. Viel Arbeit ist liegen geblieben, Entscheidungen gilt es zu treffen.
Zudem bedeutet es, neben den Arbeitsan-
forderungen auch den gewaltigen privaten
Stress der vergangenen Monate zu bewältigen. Ab jetzt brauchen wir zumindest für
eine gewisse Zeitspanne unbedingt Ruhe in
unserem Leben.

Katerinas Krankheit verändert unsere
Sichtweise auf das Leben. Wir fragen uns,
ob mit der erfolgten Operation die Gefahr
beseitigt sein wird. Oder wartet bereits die
nächste Katastrophe auf uns? Wir wollen
doch nur leben und lieben. Ich mir macht
sich das ungute Gefühl breit, dass mit dem
erfolgten Einschnitt der Beginn einer neuen,
nicht unbedingt besseren Phase unseres
gemeinsamen Lebens begonnen hat. Aller-

dings bewirkt dieses Übel andererseits ein totales Zusammenrücken in seelischer Hinsicht. Wir sind eins. Gebacken in einer Form. Danach in zwei Hälften geteilt, die wir auszufüllen und zu leben haben. Wir sind jetzt im Stadium der reinen Liebe angekommen. Die Liebe wird uns die größten Schwierigkeiten ertragen lassen.

Katerinas Genesung macht gute Fortschritte. Körperlich und psychisch. Wir treffen uns so oft es möglich ist mit Freunden und Bekannten. Ich überlege, welche Freude ich ihr machen kann. Und zwar nicht etwa mit einem besonders üppigen Blumenstrauß, denn Blumen oder hübsche Topfpflanzen erhält sie zur Genüge. Nein, es soll etwas sein, was man nicht alle Tage schenkt. Hochwertige Mode zum Beispiel. Doch da lasse ich besser die Finger weg, davon verstehe ich zu wenig. Eine schicke Tasche? Langweilig. Besonders schöne Schuhe? Die müsste sie vorher wegen der passenden Größe erst anprobieren. Ich verwerfe alle diese Ideen. Sie drücken auch nicht im entfernten das aus, was ich für sie fühle. Es kommt nur ein Geschenk infrage, das ähnlich der Liebe alles und alle Zeiten überdauert. Ich wähle einen Brillantring für sie aus.

Im Rahmen einer kleinen, nur zwischen uns beiden stattfindenden Feier stecke ich ihr den Ring wie ein ewiges Versprechen an den Finger. Sie strahlt mich mit ihren blauen Augen an. Wir sind beide wieder ein bisschen glücklich.

Ein halbes Jahr ist seit der Operation vergangen. Nachuntersuchungen ergeben keinen beunruhigenden Befund. Anscheinend bewegt sich mein Fischlein, denn Katerina ist im Sternzeichen Fische geboren, körperlich wieder mehr im ruhigen Wasser des Daseins. Nicht so sicher bin ich mir, wie es um ihre Psyche steht. Obwohl ansonsten durchaus kommunikationsbedürftig, verhält sie sich in dieser Hinsicht verdächtig ruhig. Vertraut sie darauf, dass das Schlimmste überstanden ist oder möchte sie mich nicht mit eventuell vorhandenen Zweifeln belasten? Ich kann diese Frage momentan nicht beantworten. Deshalb werde ich in der nächsten Zeit versuchen, sie in dieser Beziehung aus der Reserve zu locken.

Überraschend trifft von Dr. Gros eine Einladung zu einer Party in seinem Haus mit Band, Buffet und prominenten Leuten bei uns ein. Katerina ist erfreut, sie schätzt ihn sehr. Wir sagen unser Kommen umgehend zu. Der Arzt und Mensch Gros kümmert sich bei unserem Eintreffen rührend um sie. Aufmerksam hört er zu, als sie ihm alle der Operation nachfolgenden Behandlungen schildert. Ein angenehmer Abend unter Menschen, die uns sofort warmherzig angenommen haben und eine lange Nacht folgen anschließend. Katerina wird mehrmals zum Tanz aufgefordert, was mir nur recht ist. Während dieser Stunden kann sie ihre Sorgen auf die Seite schieben, und sogar ein wenig ausgelassen sein. Ich sehe ihr beim Tanzen gerne zu. Sie bewegt sich geschmeidig und rhythmisch. Es macht den Herren sichtlich Spaß, mit ihr zu tanzen. Vor allem, weil sie es versteht, deren Ungeschicklichkeiten so gut auszugleichen. Ich hingegen genieße das ausgezeichnete Buffet. Freilich geht auch die schönste Nacht einmal zu Ende. Nach einem herzlichen Abschied fahren wir im bald beginnenden Morgen wieder Richtung Heimat. Gut, dass ich mir angewöhnt habe, bei längeren Fahrten immer ein Sofakissen mitzunehmen. Das kommt uns nun zupass. Katerina verschläft darauf die Fahrt nach Hause eingehüllt in eine Decke auf der Rückbank des Autos.

Ballast

Eine berufliche Änderung steht an. Katerina will nicht mehr in der Boutique arbeiten. Auch für die Inhaberin des Geschäfts ist die Situation schwierig geworden. Sie bringt einerseits großes Verständnis für Katerinas Situation und ihren Zustand auf, braucht jedoch andererseits Mitarbeiter, die konstant arbeiten können. Eine Trennung ist daher unvermeidlich. Danach bleibt Katerina für einige Zeit zu Hause.

Schließlich ergibt sich unerwartet die Möglichkeit, auf selbstständiger Basis mit einem Partner in der Modebranche Fuß zu fassen. Nino, ein guter Bekannter, der eine Änderungsschneiderei betreibt, fragt sie bei einem Besuch, ob sie Interesse daran hat, mit einem seiner Freunde namens Michael Lederjacken und Jeans aus Italien zu importieren und hier an den Einzelhandel und Privatleute zu verkaufen. Abends nach dem Essen besprechen wir die Angelegenheit. Grundsätzlich hört sich das Geschäft ganz vernünftig an. Allerdings fehlen noch jede Menge Detailinformationen, vor allem, was die finanzielle Seite betrifft. Und wie steht es um die sogenannte „Chemie" zwischen den eventuellen Geschäftspartnern? Wir beschließen, dass Katerina sich kurzfristig mit diesem Michael für einen ersten Gesprächsaustausch treffen soll. Gewinnt sie einen guten Eindruck, dann lohnt es sich, anschließend gemeinsam ein vertiefendes Gespräch mit ihm zu führen.

Zwei Tage später treffen sich die beiden im Restaurant Waldheimer für ein ausführliches Gespräch. Anschließend kommt Katerina zu mir in das Büro. Sie wirkt gelöst und beschwingt. Erwartungsvoll sehe ich sie an. Sie bringt höchstwahrscheinlich ein erfreuliches Ergebnis mit. So ist es auch. Michael ist in etwa in ihrem Alter und ihr durchaus sympathisch. Bis vor kurzem arbeitete er noch in einer von einem Italiener geführten Import-Export-Modefirma, die im MTC in Schwabing ansässig ist. Das geht solange gut, bis eines Montag morgens Polizisten und ein Staatsanwalt überfallartig die Firma aufsuchen. Keiner der Mitarbeiter darf mehr telefonieren oder Unterlagen bearbeiten, wird ihnen gesagt. Die Polizisten haben Kartons mitgebracht, in denen sie alles was sie für beweiskräftig halten, einpacken. Auch die vorhandenen Personal Computer verschwinden in Kisten. Ebenso verschwindet in einem der Polizeifahrzeuge der mit Handschellen gefesselte Geschäftsführer. Unter den Angestellten spricht sich schnell herum, dass der Vorwurf der Staatsgewalt auf Geldwäsche und Steuerhinterziehung lautet.

Das war´s dann zweifellos, sagt sich Michael daraufhin und verabschiedet sich von diesem Unternehmen, das ihm keine berufliche Zukunft mehr bietet, weil es den Betrieb in Kürze nicht mehr geben wird. Mit einem bitteren Unterton in der Stimme bemerkt er Katerina gegenüber noch, dass er das Handeln des Firmeninhabers zwar nicht gutheißt, es aber schon bemerkenswert findet, wie der Staat hingegen seine Bürger ohne Sanktionen fürchten zu müssen durch Steuern, Abgaben und sonstige Maßnahmen ausplündert. Und diese auch brutal durchsetzt. Seit diesem Vorfall ist er auf der Suche nach einer neuen beruflichen Aufgabe, die er sich überwiegend in einer selbstständigen Tätigkeit erhofft.

Ich bin überrascht, was da zum Vorschein kommt. Katerina berichtet anschließend nach dem persönlich geprägten Abschnitt über die geschäftlichen Belange. Michael hat natürlich durch seine bisherige Tätigkeit spezielle Kenntnisse und Wissen erworben. Darüber hinaus verfügt er über entsprechende Kontakte zu Herstellern, Lieferanten und verbundenen Geschäftspartnern. Aus diesen Vorteilen möchte er nun Kapital schlagen. Sein Plan sieht vor, einen Laden mit großem Untergeschoß, das als Lager und Ausgangsbasis für den Groß- und Zwischenhandel Verwendung finden soll, zu mieten. Der Laden ist für den Einzelhandel vorgesehen. Alternativ, so schwebt ihm vor, kommt auch ein kombiniertes Ladengeschäft mit teilbarer Lagerfläche in Frage.

Seine finanziellen Mittel allerdings sind begrenzt, weshalb er vorwiegend eine Partnerin sucht, welche zunächst nicht auf ein festes, regelmäßiges Einkommen angewiesen ist, oder die sogar einen Betrag in beträchtlicher Höhe in das Geschäft einbringen kann. Die Partnerin ist zuständig für den Ladenverkauf, während seine Aufgabe darin besteht, die in Italien ansässigen Hersteller und Lieferanten zu besuchen, um den Großhandel aufzubauen sowie die entsprechende Vertriebsakquisition in Deutschland zu übernehmen. Einen erheblichen Vorteil verspricht er sich von der Tatsache, dass die italienischen Lieferanten lange Zahlungsziele einräumen. Michael geht davon aus, dadurch eine Zwischenfinanzierung der Ware weitgehend zu vermeiden.

Katerina hält inne und sieht mich erwartungsvoll an. „Welchen finanziellen Einsatz erwartet er konkret von Dir?" will ich von ihr wissen. „Er meint, dass es ihm am liebsten ist, wenn ich fünfzigtausend mitbringe. Doch den Zahn habe ich ihm sogleich gezogen. Wir haben uns daraufhin dahingehend verständigt, dass ich wenigstens die Hälfte der anfangs entstehenden Kosten für drei Monate Miete, die Kaution für den Laden und dessen Einrichtungsgegenstände aufbringe. Alles in allem werden nach seiner Kalkulation rund zwanzigtausend erforderlich sein, das heißt, meine Hälfte beträgt also zehntausend. Es ist aber durchaus möglich, dass er die Einrichtungsgegenstände, Regale und Kleiderständer für wenig Geld in der Branche organisieren kann. Meinen Anteil kann ich somit von meinem Ersparten übernehmen. Ich sehe Dir schon an, was Du jetzt sagen willst. Aber ich will nichts von Dir. Ich möchte diese Sache allein bewältigen. Es soll mein Unternehmen sein, so wie Du Deine Wohnbaugesellschaft hast. Aber ein kleines Hintertürchen lasse ich mir offen: Wenn der ganze schöne Plan nicht funktioniert und in die Hose geht, dann bitte ich Dich schon heute, mir da rauszuhelfen." Ich bleibe eine Weile stumm und lächle sie nur an. Bestimmt hat sie insgeheim schon beschlossen, in das vorgeschlagene Geschäft einzusteigen. Überdies, was verstehe ich vom Geschäft mit der Mode. Verdammt wenig. Katerina hat wenigstens bereits in dieser Branche gearbeitet. Sie lächelt mich gleicherweise an. „Na, dann ist ja alles in Ordnung; die Party kann steigen." merkt sie locker an. Wieder, wie so oft, haben wir uns auf dieser seltsamen, unsichtbaren Ebene, die ohne Sprache auskommt, verständigt.

Sie macht mich mit Michael bekannt. Im Trio tüfteln wir an der Lage des zukünftigen Ladengeschäfts. Ideal ist es natürlich in einem der Einkaufszentren. Doch kann nicht davon ausgegangen werden, dass dort kurzfristig ein Laden zur Verfügung steht, und selbst wenn das der Fall ist, dann voraussichtlich zu einem Mietpreis, der für das neuzugründende Unternehmen schlicht und einfach zu hoch ist. Das bedeutet, sich auf die Jagd nach der adäquaten Lokalität zu begeben. Katerina erhält die Aufgabe, jede Woche die Immobilienanzeigen für den gewerblichen Mietbereich zu durchforsten. Anschließend sind Besichtigungen der ins Auge gefassten Objekte durchzuführen. Die Angelegenheit zieht sich einige Wochen hin. Fast zweifeln die beiden am Erfolg der Suche, als sich überraschend der Erfolg einstellt. Ein Laden in einem älteren Wohn- und Geschäftshaus, verbunden mit einer im Hinterhof gelegenen beheizbaren Lagerhalle, wird preisgünstig angeboten. Katerina und ihr Partner erhalten den Zuschlag und schließen sogleich den Mietvertrag.

In der zweiten Woche der Mietzeit taucht vor dem Haus unvermittelt ein großer LKW mit Gerüsten auf. Arbeiter beginnen die Fassade des Hauses einzurüsten. Die Schaufenster werden mit Kunststoffplanen abgedeckt. Lediglich die Türen zum Laden und in das Haus werden offen gelassen. Den beiden Geschäftsleuten schwant Schlimmes. Auf Nachfrage erhalten sie vom Vermieter die lapidare Antwort, dass eine umfassende Sanierung der Außenfassade erfolge. Dazu müsse eben auch der Putz entfernt und durch eine neue Auflage ersetzt werden.

Ferner sei damit zu rechnen, dass voraussichtlich im kommenden Monat das Pflaster des Gehsteigs wegen der Verlegung von neuen Telekommunikationskabeln aufgerissen würde. Bis dahin müsse die Fassade erneuert sein, weil diese Maßnahme den Gerüstaufbau nicht mehr zulasse.

Was tun mit diesem Riesenproblem? Wer weiß, wie lange die Bauarbeiten tatsächlich andauern. Es wird sich während dieser Zeit kein einziger Kunde in ihr Geschäft verirren. Dabei brauchen sie doch dringend Einnahmen, denn die Kosten laufen unaufhaltsam weiter. Es bleibt nichts anderes übrig, sie müssen mit dem Vermieter wegen einer erheblichen Mietminderung, beziehungsweise einer Aussetzung der Miete für die betroffenen Monate verhandeln. Oder sie kündigen das Mietverhältnis fristlos aus wichtigem Grund. Wie fast erwartet, wehrt der Vermieter alle Forderungen ab, lässt sich auf kein Zugeständnis ein. Als dieser Zustand erreicht ist, schlage ich vor, die Angelegenheit einem Rechtsanwalt zur weiteren Bearbeitung zu übergeben. Zweckmäßiger Weise empfiehlt sich dafür mein Anwalt, der auch die rechtlichen Angelegenheiten meiner Firma betreute. Und siehe da, nachdem der Anwalt ein scharfes Schreiben an den Vermieter richtet, bewegt sich dieser endlich. Nach einigem Hin und Herr wird das Mietverhältnis einvernehmlich zum Ende des laufenden Monats aufgelöst; die hinterlegte Kaution wieder ausgezahlt. Katerina aber will keinen Stress mehr. Sie will und kann Belastungen dieser Art nicht mehr vertragen, gibt ihren Plan auf, und trennt sich zum großen Bedauern Michaels von ihm.

Entsetzen

Ein langes, anstrengendes Jahr ist vergangen. Die Urlaubszeit rückt näher. Wir sind unschlüssig, ob wir wegfahren sollen noch wohin eine eventuelle Reise gehen könnte. Wenn wir jedoch verreisen, dann möchte Katerina unbedingt an das Meer. Wir unterhalten uns auch mit Georg, unserem Freund, über dieses Thema. Spontan schlägt er uns die Cote d'Azur als Reiseziel vor. Eine Tante von ihm lebt in Menton an der Grenze zu Italien. Sie besitzt dort ein zweigeschossiges Haus, von dem sie in der Urlaubszeit das Erdgeschoß an Freunde, Bekannte und Verwandte vermietet. Uns gefällt der Gedanke ausnehmend gut. Von Menton aus können wir Ausflüge nach Saint-Tropez, Cannes, Nizza und Monaco unternehmen. Vielleicht gelingt es uns zeitlich sogar, die weltberühmte Stadt des Parfums, Grasse, zu besuchen. Nachdem uns Georg verlassen hat, ruft er einige Stunden später an. Er teilt uns mit, dass er mit seiner Verwandten telefoniert hat. Sie bietet uns ein großzügiges Zimmer mit kleiner Kochnische für zwei Wochen im August an. Natürlich sagen wir sofort zu.

An Kleidung brauchen wir nicht viel einzupacken. Die Cote d'Azur wird uns mit Temperaturen um die dreißig Grad Celsius empfangen. Und die erforderliche Freizeitkleidung wird am Ort eingekauft. Katerina, die Sonnenanbeterin, kündigt freudestrahlend an, dass sie den ganzen Tag am Strand in der Sonne liegen wird. Ihr Vorhaben gefällt jedoch mir nicht. Schließlich will ich mit ihr schwimmen, und viel Zeit im kühlenden Meerwasser zubringen.

Der Verkehr auf der Autobahn Richtung Brenner ist mäßig. Wir kommen dementsprechend gut voran. Am Südende des Gardasees machen wir Mittagspause. Hier übernimmt Katerina das Steuer. Ihr macht die strenge Geschwindigkeitsbeschränkung auf den italienischen Autobahnen nichts aus. Im Gegenteil, sie genießt das ruhige Dahingleiten. Anschließend fahren wir an Brescia und Genua vorbei. Sanremo liegt vor uns. Nur noch wenige Kilometer und wir haben unser Ziel erreicht. Für die Strecke von insgesamt etwa achthundert Kilometer haben wir rund neun Stunden gebraucht.

Schon etwas älter und ein wenig heruntergekommen, aber mit seiner Stilfassade und

Charme ausstrahlend, steht in einer ruhigen Seitenstraße Mentons das Haus. Unser Domizil für die kommenden zwei Wochen. Mit privatem Parkplatz, was mir wichtig ist. Perfekt ist zudem die Nähe zum Strand, den wir fußläufig erreichen. Auffallend an der Wohnung ist das riesige, schwülstige Bett aus dunklem Holz, das anscheinend für vier Personen ausgelegt ist. Für uns ist die Größe gerade richtig, sind wir es doch gewohnt, dass jeder von uns beiden in seinem eigenen Bett im eigenen Zimmer schläft. Als wir das Bett sofort auf Bequemlichkeit testen, sind wir angenehm überrascht; wir werden darin bestimmt sehr gut schlafen. Unser erster Weg führt uns anschließend an den steinigen Strand, wo wir in einem reizenden, kleinen Restaurant zu Abend essen. So ansprechend das Restaurant auch sein mag, so wenig stimmt die Qualität des bestellten provenzalischen Gemüseeintopfs Ratatouille und der Service, den ein überheblicher Garcon uns angedeihen lässt. Wir verabschieden uns müde von den Meereswellen bis zum nächsten Morgen.

Ich lasse Katerina länger schlafen und begebe mich auf die Suche nach einer landestypischen Boulangerie/Patisserie. In Richtung Monaco fahrend, finde ich bald einen kleinen Laden, prallvoll mit französischen Köstlichkeiten. Frische, noch warme Baguettes, gesalzene Butter und appetitliches, süßes Blätterteiggebäck und mehr lasse ich mir einpacken. Mir läuft bereits jetzt das Wasser im Mund zusammen. Vor unserem Appartement steht auf einer von Sträuchern eingefassten kleinen Terrasse ein gusseiserner, verschnörkelter Tisch mit mehreren passenden Stühlen. Kaffee ist in der Küche vorhanden. So bereite ich ein opulentes Frühstück für uns vor. Katerina ist inzwischen aufgestanden. Nach dem Frühstück schlage ich vor, Menton zu erkunden. „Kommt nicht in Frage." protestiert Katerina. „Ich will jetzt nur in die Sonne und ins Wasser. Die Stadt können wir abends und nachts kennen lernen." So entschieden wie sie spricht, habe ich sie noch selten erlebt. Also gut, sage ich mir, sei folgsam und geh mit ihr an den Strand. In einem der Geschäfte an der Promenade findet sie einen azurblauen Bikini, der sie besonders verführerisch aussehen lässt. Nach dem dritten Tag in der Gluthitze unter südlicher Sonne brauche ich endlich eine Pause. Ein kräftiger, unangenehmer Sonnenbrand am ganzen Körper verleidet mir den Aufenthalt am Meer. Katerina hingegen aalt sich stundenlang in der Sonne. Die zunehmende Bräune ihres Körpers macht sie noch attraktiver und mancher Mann am Strand musterte sie mit anerkennenden, begehrlichen Blicken. Ich werde eifersüchtig, bin aber gleichzeitig stolz auf diese attraktive Frau.

Wir unternehmen einen Tagesausflug die Küste entlang nach Saint- Tropez. Auf der Rückfahrt stehen dann noch Besichtigungen von Cannes und Nizza auf unserem Programm. Von Saint-Tropez haben wir uns mehr erhofft. Der Ort ist überraschend klein, ein typisches französisches Fischerstädtchen. Auch die im Hafen ankernden Yachten sind lange nicht so beeindruckend und glamourös wie erwartet. Weder Brigitte Bardot noch Gunter Sachs lassen sich sehen. „Wir möchten gerne einen café au lait mit den beiden trinken." scherzt Katerina. Es ist wohl der Mythos Saint-Tropez, der die Touristen in Massen anzieht. Die wirklich wenigen Reichen und Mächtigen hingegen leben abgeschirmt hinter Mauern in ihren nicht einsehbaren Villen.

Cannes gefällt uns schon wesentlich besser. Auf der Croisette belustigen uns die auf und ab fahrenden Möchtegerns in ihren aufpolierten Autos. „Hier tanzt der Bär." sage ich zu ihr. „Leg Dir keine Zügel an. Wenn Du möchtest, kannst auch Du hier mittanzen, mein Bärchen." entgegnet sie belustigt. Wir sind beide gelöster Stimmung. Die Mentalität der Südländer und die Lockerheit der Touristen erweisen sich als ansteckend. Wir beschließen, bis in den sommerlichen Abend hinein zu bleiben. Maler säumen die Promenade – leider mit ihren ausgestellten Bildern die immer gleichen Motive zeigend. Ich möchte für Katerina ein Souvenir kaufen, finde jedoch kein schönes oder besonderes Erinnerungsstück. „Lass es gut sein." ergreift sie das Wort. „Irgendwelchen Kitsch brauchen wir uns nicht in die Wohnung zu stellen." Da kann ich nur noch zustimmend nicken.

Tags darauf stehen selbstverständlich wieder Strand, Sonne und Meer im Vordergrund. E ist früher Nachmittag, als Katerina nicht länger am Strand bleiben will. Sie fühlt sich schwach. Einerseits kommt mir das gelegen, kann ich doch so meinen Sonnenbrand pflegen, andererseits gefällt mir ihr Zustand nicht. „Es ist nichts...," meint sie beschwichtigend, „ich bin nur ein bisschen müde. Das kommt wahrscheinlich vom gestrigen Ausflug und der langen Nacht in Cannes." „Na, gut." brumme ich und mache mich daran, ein leichtes Abendessen vorzubereiten. „Ich habe überhaupt keinen Hunger." vernehme ich ihre leise Stimme. „Lass mich einfach ausruhen..." Sie schläft augenblicklich ein, und erwacht erst am nächsten Morgen vom Duft des Kaffees, den ich zubereitet habe. Sie fühlt sich wesentlich besser, ist ausgeruht. Den Strand besuchen wir an diesem Tag nur einige Stunden am Vormittag. Nach dem Mittagessen setzen wir uns auf die Terrasse in den Schatten, sprechen über alles Mögliche. Ich habe eine Flasche Chablis besorgt, der bereits im Kühlschrank seine ideale Trinktemperatur erreicht hat. Katerina verzichtet indessen auf alkoholische Getränke und begnügt sich mit prickelndem Mineralwasser. Für mich ist die Gelegenheit günstig, so kann ich heute mal wieder eine meiner Monte Christo No. 2 paffen. Schließlich sitzen wir im Freien und ich achte darauf, dass der Rauch nicht in Katerinas Richtung zieht. Zu Hause darf ich meine Zigarren nicht rauchen, weil der Rauch sich in den Stoffen der Möbel und Vorhänge hält. Ich sehe das auch ein. Ein kleiner, missbilligender Blick aus ihren Augenwinkeln trifft mich, als sie meine Vorbereitungen bemerkt. Ich sehe darüber hinweg, ziehe heftig an der Monte Christo, um die Glut zu entfachen. Ist dieses Procedere geschehen, dann muss nach meinen Regeln die Zigarre auch zu Ende geraucht werden. Sie weiß dies. Sie sieht mir eine kleine Weile zu. Ihre Augenfältchen kräuseln sich. Das ist das Vorzeichen. Sie beginnt lauthals zu lachen. Ich sehe sie an, und platze ebenfalls mit einem Lachanfall heraus. Wie fast immer verstehen wir uns ohne Worte. Weil wir eins sind. Ich liebe diese Frau unendlich. Es ist perfekt mit ihr.

Der Besuch von Nizza und Monaco steht noch aus. An einem leicht bewölkten Tag fahren wir in das dreißig Kilometer entfernte Nizza, seit Jahrzehnten Partnerstadt von Nürnberg, wo wir das beeindruckende Hotel Negresco besichtigen und ebenso die ansehnliche Altstadt mit ihren feudalen architektonischen Bauwerken. Im Anschluss an eine kleine Mahlzeit besuchen wir danach Monaco, den zweitkleinsten Staat der Erde und glanzvollen Mittelpunkt der Cote d'Azur. Nachdem unser Auto dort in einem der großen Parkhäuser untergebracht ist, begeben wir uns zu Fuß auf Erkundungstour vom Casino bis zum Fürstenpalast.

Abends sind wir freilich fix und fertig. Vom vielen Pflastertreten und von den mannigfachen Eindrücken, die uns der Tag gebracht hat.

Am nächsten Morgen schläft Katerina ungewöhnlich lange und fühlt sich wieder seltsam ausgelaugt. Die beiden restlichen Tage in Menton verbringen wir deshalb ruhig, zwischen Meer und Wohnung hin und herpendelnd.

Wieder zurück in München bemüht sich Katerina sogleich um einen Termin beim Arzt. Eine umfassende Untersuchung sollt Klarheit über ihren gesundheitlichen Zustand bringen. Ihre Schwächeanfälle während unseres Urlaubs geben Anlass zur Sorge. Eine Woche später steht beim Onkologen der Termin zur Besprechung des Ergebnisses an. Katerina ist unruhig, hat ein schlechtes Vorgefühl des Kommenden. Ich finde den Onkologen unausstehlich. Von kleiner Statur, rötlich-blonden Haaren und lispelnd hat er eine merkwürdige Art, sich den Patienten gegenüber zu artikulieren und zu benehmen. Die Schwäche und Hilflosigkeit der Patienten benutzt er anscheinend dazu, sich selbst zu huldigen. Er will mit Katerina allein sprechen. Ich warte und bin nervös. Der Geruch in seiner lieblos eingerichteten Praxis stößt mich ab. Das kann doch für die Menschen, denen hier Giftspritzen verabreicht werden, gesundheitlich nicht förderlich sein. Mir tut das Herz weh, wenn ich mir diese armen Leute ansehe: Fahle, meist gelblich getönte Gesichtshaut. Büschelweise ausgefallene Haare, trüber Blick. Dagegen die roten und gelben Giftpräparate in den hängenden Flaschen, von denen Schläuche in die Venen der Patienten führen. Und mittendrin sehe ich schon meine Katerina sitzen. Es ist eine üble Vorstellung. Ich hoffe so sehr, dass ihr diese Qual erspart bleibt.

Die Tür zum Untersuchungsraum öffnet sich, Katerina tritt heraus. Ich halte mich direkt neben der Tür auf. Mit einem Knacken rastet die Tür ein, schließt sich die Öffnung. Augenblicklich brandet lautes Lachen dahinter auf. Ich bin mehr als irritiert. Bezieht sich das Gelächter auf Katerina? Dann sehe ich in ihren Augen die folgenschwere Botschaft. Von einem Augenblick zum anderen verändern sich ihre Augen, zersplittern in viele kleine Teile, verlieren ihren früheren Glanz und ihre Schönheit.

Sie hat sich aufgegeben. Es ist ihr klar, was ab jetzt geschehen wird. Der Tumor ist wieder da, größer denn je. Er hat inzwischen sogar gestreut, sich in der Lunge mit Metastasen eingenistet. Unsere Hoffnung hat sich nicht erfüllt, ist zerbrochen. Im Gegenteil, es steht schlimm um sie. Und ich kann ihr nicht helfen, kann sie nicht beschützen. Das erhoffte Wunder ist nicht geschehen. Unsere Liebe und unsere Einheit stehen am Abgrund.

Insgeheim mache ich mir Vorwürfe. Ist das jetzt die Strafe für unseren Ausflug in den Süden, ans Meer? Gut getan hat es ihr auf keinen Fall. Die bösartigen Zellverbände haben neue Nahrung in ihrem Körper gefunden. Andererseits, Katerina ist doch ein regelrechtes Sonnenkind. In den Strahlen der heißen Sonne zu baden, ist für sie der höchste Genuss. Ein nachgerade abwegiger Gedanke macht sich in meinem Kopf breit. Wenn sie ein Kind der Sonne, und es ihr bestimmt ist heimzukehren, dann wählt ihre Seele womöglich diesen Weg.

Gegenwehr

„Liebes, gib nicht auf. Setz Dich zur Wehr! Ich bin an Deiner Seite, werde Dir helfen. Wir werden es gemeinsam durchstehen." Sie sagt kein Wort, sieht mich nur traurig mit ahnungsvollem Blick an. Es tut mir weh, sie so zu sehen. Mit unnatürlich ruhiger Stimme antwortet sie: „Meine Brust muss amputiert werden. Ich werde die Operation in Großhadern vornehmen lassen. Ich möchte hier in München bleiben. Dann bin ich auch nahe bei Dir. Wetzlar ist mir zu weit weg."

Der Operateur im Klinikum Großhadern war laut mit wenig Feingefühl. Dann machen wir dies, dann machen wir das, erläutert er mit großer Geste seinen Operationsplan. Es ist schlimm für uns anzuhören, wo er überall an Katerinas Körper herumschneiden wird. Doch was ist die Alternative? Nach der Operation besuche ich Katerina tagtäglich, halte ihr die Hand und rede ihr gut zu. Endlich ist es dann soweit, die Entlassung aus dem Krankenhaus steht an. Ein sonniger Herbsttag lädt uns zu einem kleinen Spaziergang am Rande des Forstenrieder Parks ein. Tief atmet sie die frische Luft ein. Vorsichtig umarme ich sie, küsse ihre Augen und ihren Mund. „Liebes" versichere ich ihr „ich weiß, wie Du unter dem Verlust leidest. Ich jedoch sage Dir nur eins: Ich liebe Dich auch so, wie Du jetzt bist. In meinen Augen verunstaltet Dich nichts und niemand. Du bist und bleibst meine vollkommene Sonne."

Sie hat sich von dem schweren körperlichen und seelischen Eingriff einigermaßen erholt. Nun steht die Chemotherapie an. Ich habe das eindeutige Gefühl, dass ihr innerer Widerstand erlahmt ist, dass sie kommentarlos alles mitmacht, was die Ärzte befürworten. Ich begleite sie zur Therapie. Dort wird wahr, was ich bereits befürchtet habe. Der erneute Anblick der erkrankten Menschen, die in der onkologischen Praxis der Chemotherapie unterzogen werden, ist deprimierend. In ihren Augen lese ich alles, angefangen von Angst über Verzweiflung bis hin zum Wissen über den nahenden Tod. Aus manchem ihrer Blicke meine aber auch die Bereitschaft, womöglich doch noch nicht aufgeben zu wollen, sondern zu kämpfen, letztlich das Schicksal zu besiegen. Katerina unter den Bedauernswerten zu sehen, tut mir weh. Ich nehme mich sehr zusammen, damit ich dieses Bild ertragen kann. Massive Zweifel entstehen in mir, ob wir bisher wirklich das Richtige getan haben, oder ob ein anderer, unkonventioneller Weg besser und damit hilfreicher gewesen wäre. Ich finde keine Antwort. Wir sind in eine Situation geraten, die uns beide schlichtweg überfordert. Gut gemeinte Ratschläge kommen zwar von allen Seiten, doch wo liegt die Wahrheit? Wir sind unserer Intuition gefolgt. Was aber geschieht, wenn die Angst überhandnimmt und zur Konfusion wird, die einen nicht mehr klar denken lässt? Ich frage mich wiederholt, wie diese Frau das über ihrem Kopf schwebende Damoklesschwert nur aushält.

Ihre Haare beginnen im Laufe der Therapie auszufallen. Es ist an der Zeit, eine Perücke zu besorgen. Im Rosental, in der Nähe zum Marienplatz, finden wir ein fachkundiges Perückenstudio. Die Mitarbeiter haben Erfahrung mit Perücken, die aus medizinischen Gründen notwendig werden. Nach eingehender Beratung und einigem Suchen und Anprobieren findet Katerina eine ansprechende Perücke, die ihrer natürlichen Haarfarbe weitestgehend entspricht. „Das bin nicht ich." äußert sie beim Blick in den Spiegel. Womit sie wohl Recht hat.

In Haus der onkologischen Praxis befindet sich im Erdgeschoß auch eine Apotheke. Dort holen wir die Zytostatika auf Rezept ab. Der Apotheker bedient uns persönlich. Er ist sichtbar an Katerinas Schicksal interessiert. Die Chemotherapie setzt Katerina enorm zu. Sie wird schwach und antriebslos, nimmt erheblich zu. Die Hoffnung, mit diesem Mittel die bösartigen Zellen im Körper zu vernichten, lässt sie jedoch die strapaziöse Therapie durchhalten.

Während dieser Phase schränken wir das Zusammensein mit unseren Freunden ein. Sie wissen zwar grundsätzlich über ihren Zustand Bescheid, kennen aber nicht die Details. Katerina will es dabei auch belassen. Manches Mal drängt sich mir der Eindruck auf, dass es einigen ganz recht ist, wenn sie nicht in diese bittere Geschichte mit einbezogen werden, was wir gut verstehen können. Schließlich haben die meisten Menschen ihre ureigenen Sorgen und Probleme, mit denen sie sich auseinander setzen müssen.

Die kurzen, trüben Tage während der Winterzeit belasten Katerina zusätzlich. Deshalb nutzen wir die wenigen Wintertage mit strahlendem Sonnenschein zum Spaziergang um die Mittagszeit, wenn es am hellsten ist. Ich überlege. Sie braucht ein lebendiges Wesen neben sich, das sie in Anspruch nimmt. Das sie ablenkt von den immer gleichen, quälenden Gedanken. Für das sie Verantwortung übernimmt. Als ich diesen Punkt mit ihr bespreche, wünscht sie sich einen Hund. Einen Westi. Ein West Highland White Terrier soll es sein. Nach einigem Suchen in den einschlägigen Zeitschriften finden wir in einem kleinen Ort im Bayerischen Wald einen angeblichen Züchter. Wir haben keine Ahnung, wie das Umfeld bei Hundezüchtern beschaffen sein soll. Dort jedenfalls gibt es bezaubernde Hundewelpen verschiedener Rassen, die jeweils in eher kleinen Boxen zusammen gepfercht sind und auf Käufer warten. Einer der niedlichen Westis, ein Rüde, gefällt Katerina besonders gut. Wir nehmen ihn mit. Katerina liebt ihn auf Anhieb. Er ist winzig und schutzbedürftig. Er erhält den Namen Knöpferl, wegen seiner dunklen Augen, die wie glänzende Knöpfe aus seinem Gesicht herausstechen. Doch die Freude über den kleinen Racker hält nicht lange an. Zwei Wochen später tritt Mattigkeit bei ihm auf. Er will nicht mehr fressen. Die Diagnose der Tierärztin lautet Parvovirose. Alle eingeleiteten Maßnahmen helfen nicht mehr. Zwei Tage später stirbt er. Wir sind an einen der kriminellen Händler geraten, die kranke Tiere verkaufen. Katerina gerät darüber in eine schrecklich depressive Phase. Sie sieht darin ein böses Omen, das sie auf ihr eigenes Schicksal hinweist.

Mit dem einziehenden Frühling verbessert sich Katerinas Zustand. Sie scheint wieder mehr Mut zu fassen. Ich bestärke sie darin, weiter an die Heilung zu glauben. Noch ein Aspekt kommt hinzu. Um keinen Preis will ich meine große Liebe verlieren. Hauptsache ist doch, dass sie lebt und wir zusammen sein dürfen. Ich wünsche mir aus ganzem Herzen und mit aller Intensität, mit ihr alt zu werden. Ein tattriger Rentner und seine zittrige Frau, denen man das erfahrene Leben in ihren Gesichtern ansieht. Was für ein schönes Bild. Das wünsche ich mir.

Katerina liegt in meinem Bett. Sie hat mich darum gebeten, ab sofort in meinem Bett schlafen zu dürfen. Seit der von mir ins

Haus geholte Rutengänger, ein finster aussehender, bärtiger Kerl das Haus auf schädliche Erdstrahlen untersucht hat, und dabei in ihrem Schlafzimmer angeblich fündig geworden ist, möchte sie dort nicht mehr schlafen. Ein Bekannter hat mich auf den Rutengänger aufmerksam gemacht. Ich habe ihn daraufhin angerufen. Bereits am nächsten Tag besucht er uns. In meiner Verzweiflung und Sorge um Katerina greife ich inzwischen nach jedem Strohhalm. Die geringste Vermutung Hilfe zu erhalten reicht für mich aus, jede sich bietende Chance wahrzunehmen - und wenn es von Außerirdischen ist. Der Mann lässt uns ein Stück Papier zurück, auf dem er einige sich kreuzende Linien eingezeichnet hat, die sich teilweise unter Katerinas Bett treffen. Doch als hilfreich hat sich die Aktion nicht herausgestellt. Wenn es stimmt, was er aufgezeichnet hat, dann habe ich vielleicht eine wichtige Hilfe nicht in Betracht gezogen. Wenn das Ganze dagegen Humbug ist, beruhigt uns das nicht, sondern verunsichert uns nur noch mehr. Ich mache mir starke Vorwürfe.

Die Haustürklingel läutet. Ich sehe auf meine Uhr. Kurz vor Mittag. Besuch erwarte ich nicht. Ich öffne die Haustür, und begebe mich zur Gartentür. Das ist doch der Apotheker, bei dem wir seinerzeit das Zellgift für die Chemotherapie geholt haben, denke ich verwundert. Er entschuldigt sich für seinen Besuch, betont aber gleichzeitig, es sei sehr wichtig, was er zu sagen habe. Ich bitte ihn wegen Katerina nicht ins Haus, sie regt sich womöglich unnötig auf. Der Mann wohnt zwei Straßen von uns entfernt. Das ist auch ein Grund dafür, dass ihn ihr Schicksal besonders anrührt. Seine Freundlichkeit kann allerdings nicht überdecken, dass er merkwürdig, fast schon okkult auf mich wirkt. Er erzählt mir sodann von einer Heilerin namens Erika Bertschinger, die in der Schweiz wirkt. Er kennt sie näher, sagt er, und möchte ihr gerne Katerinas Namen und Adresse mitteilen, damit sie ihr eventuell helfen kann. Ich bin sofort einverstanden, denn da sehe ich ihn wieder, den berühmten Strohhalm, mit dem das Ruder für Katerinas Rettung herumgeworfen werden kann. Darüber hinaus macht er mich auf homöopathische Arzneimittel und spagyrische Essenzen aufmerksam. In seiner Apotheke führt er letztere zwar nicht, aber die Klösterl-Apotheke sei die beste Anlaufstelle für diese Naturmedizin. Noch am selben Tag lasse ich mich in der Klösterl-Apotheke beraten, und kaufe eine umfangreiche Anzahl dieser Hilfsmittel, um Katerina auf eine andere Art zu therapieren. Auch der Mistel-Extrakt, der in die Haut des Unterbauchs zu injizieren ist, kommt hierbei zur Anwendung.

Der Tumor hat Metastasen ab gesiedelt. Die Lunge und das Gehirn sind befallen. Von Erika Bertschinger habe ich noch nichts gehört, bis eines Tages unverhofft ein Brief von ihr eintrifft. Beigefügt ist die Fotokopie eines Gehirns, auf dem zwei rote Punkte an bestimmten Stellen eingezeichnet sind. Ich vergleiche sie mit den ärztlichen Unterlagen: Sie erweisen sich als identisch. Danach lese ich den Brief, dessen Inhalt trostlos klingt. Eine Gesundung scheint ausgeschlossen – es sei denn, es geschieht ein echtes Wunder. Schnell gehe ich nach draußen, schließe die Garage auf, setze mich in mein Auto und weine und tobe hemmungslos. Erst als ich mich einigermaßen beruhigt habe, kann ich mich wieder um meine todkranke Frau kümmern.

Meine Arbeit, meine berufliche Existenz verlangt nach mir. Es muss ja trotz unserer

Sorgen weitergehen. Ein neues Grundstück, ruhig gelegen, bietet sich zum Kauf an. Verkäufer ist eine Erbengemeinschaft. In der Regel ist das die schwierigste Konstellation für Verhandlungen. Jeder Beteiligte zieht in seine Richtung. Der Kaufinteressent, der es schafft, die gegensätzlichen Interessen zu bündeln, hat die besten Aussichten auf den Erwerb. Angesichts des Leids im privaten Bereich strengen mich die Verkaufsverhandlungen ungeheuer an. Doch dann kommt der Durchbruch. Die Mitbewerber ziehen sich zurück. Nun steht der Notartermin an. Ich bin nervös, möchte einerseits rechtzeitig zur Stelle sein. Andererseits stecke ich in einem großen Zwiespalt. Ich muss Katerina für mehrere Stunden allein lassen. Sie liegt noch im Bett, ist aber wach. Ich beuge mich zu ihr und frage sie nach ihrem Befinden. „Ist schon in Ordnung – Du kannst beruhigt gehen. Ich komme allein zurecht. Aber warte mal, da sitzt ein Vogel auf Deiner Schulter, der muss weg, sonst beschmutzt er noch Deinen Anzug." Mit einer kraftvollen Bewegung, wie ich sie ihr nicht mehr zugetraut habe, verscheucht sie den imaginären Vogel. Mit Tränen in den Augen verlasse ich sie für einige Stunden.

Der Vorfall gibt mir Anlass, darüber nachzudenken, ob das ganze Spiel des Lebens noch Sinn für mich macht. Wenn Katerina nicht mehr da sein wird, was wird dann folgen? Ist es vielleicht besser, mit ihr zu gehen? Schluss zu machen? Dieser Gedanke wird immer stärker in mir. Furcht vor dem Kommenden lähmt mich. Einstweilen bleibt mir jedoch nichts anderes übrig, als die derzeitige Situation anzunehmen wie sie ist. Der Lauf des Lebens geht rücksichtslos unaufhörlich weiter.

Wir kommen von einem Arzttermin, und sind auf dem Weg nach Hause. Die Ampel an der nahen Kreuzung springt auf Rot. Etwa zehn Meter davor befindet sich auf der rechten Straßenseite ein italienisches Eiscafé. Vor der Eingangstür prangt ein großes Schild mit der Aufschrift: Hausgemachte Tiramisu! Ihr spontaner Ausruf macht mich darauf aufmerksam. „Schau mal, Peter. Tiramisu! Darauf habe ich jetzt ungeheure Lust." In Katerinas Stimme schwingt Freude und gleichzeitig Enttäuschung mit. Sie hat ihre Ernährung umgestellt, verköstigt sich nur noch mit sogenannten gesunden Lebensmitteln, vermeidet vor allem Süßigkeiten. Da ist eine solche Leckerei eigentlich verboten. Ich sehe sie an, sehe die Sehnsucht in ihren Augen. Bevor die Ampel wieder auf grün schaltet, habe ich das Auto schon eingeparkt. Um ihr schlechtes Gewissen einigermaßen zu besänftigen, behaupte ich, das Eiscafé zu kennen. Es sei bekannt für seine Qualität, sowohl was das Eis als auch die anderen angebotenen italienischen Desserts angeht. Tatsächlich, das Tiramisu erweist sich als unglaublich delikat.

Georg ruft an. „Was ist los mit euch? Habt ihr was gegen uns? Ihr verkriecht euch in eurer Bude und wir sitzen immer allein herum." Ich bin betroffen. Er hat ja Recht. Nicht nur Katerina, sondern auch ich brauchen wieder mal das Zusammentreffen mit einer Runde Menschen, die uns fröhlich und unbeschwert zeigen, dass jeder Tag des Lebens trotz aller Widrigkeiten lebenswert ist. Und dazu gehört auch die Ausgelassenheit im Freundeskreis. Gerade dann, wenn das eigene Leben bedroht ist, soll doch jede Stunde für ein bisschen Freude und Abwechslung genutzt werden. Kurz darauf verbringen wir mit unseren Freunden einen ungetrübten, lustigen Abend im Paulaner Bräuhaus am Kapuzinerplatz. Katerina hat sich besonders hübsch gemacht. Sie trägt ein Kleid, das ihren Körper vorteilhaft zur

Geltung bringt. Im Übrigen haben wir beschlossen, heute das zu essen und zu trinken, auf das wir gerade Lust haben, sei es
noch so ungesund. Katerina blüht für Stunden auf, vergisst für kurze Zeit ihren Kummer. Georg läuft zur Höchstform auf. Seine
anzüglichen Witze, mit der er ausgelassen
die Gesellschaft den Abend lang unterhält
führt dazu, dass immer wieder Lachsalven
durch das Lokal hallen. Intensiv, wie ich das
schon lange nicht mehr von ihr gehört habe,
ist Katerina bei der Sache. Auch in mir
macht sich in dieser gelösten Stimmung, in
diesem wohltuenden Ambiente Erleichterung breit.

Noch halte ich den Kampf trotz aller negati-
ven Nachrichten für nicht verloren. Das Leben, denke ich demütig, ist so unberechen-
bar, dass mir auch ein Wunder als möglich
erscheint. Jedoch schon sehr bald zeigt sich
das gnadenlose Gegenteil meiner Wunsch-
vorstellung.

Mein Leben

Es ist Nacht. Seit einigen Minuten überfällt mich ein mörderischer Schmerz, der jetzt wieder allmählich im Abklingen ist. Ich kann nicht schlafen. Peter, mein Mann und Geliebter liegt schwer atmend neben mir. Mein Zustand macht ihm unerhört zu schaffen. Ich streiche ihm übers Haar. Er spricht im Schlaf. Allein, ich kann ihn nicht verstehen, die Worte entspringen zu undeutlich seinem Mund und meine Konzentration ist schwach.

Mein Gehirn hat sich in einen Kinosaal verwandelt. Mitten drin sitze ich, zunächst irritiert vom Geschehen. Neben, vor und hinter mir sehe ich eine Versammlung seltsam anmutender, durchsichtiger Figuren mit menschlichem Antlitz. Mein Blick wird klarer. Viele erkenne ich jetzt. Es sind die Menschen, die mir in meinem Leben nahe waren. Die meisten von ihnen erfreuen mich, manche bereiten mir unangenehme Gefühle. Vor einigen fürchte ich mich. Der rote Samtvorhang schwenkt zur Seite, der Film über einst Helena und jetzt Katerina beginnt. Merkwürdiger Weise wird der Raum nicht dunkel, im Gegenteil, flammende Helligkeit umgibt uns alle. Mein Vater beugt sich über mich. Von ihm habe ich die kornblumenblauen Augen geerbt. Er lächelt mich an, dann lacht er laut, gibt komische Geräusche von sich, wie wuddi-wuddi und andere Laute. Er nimmt mich in seine Arme, küsst und knuddelt mich. Ich fühle es, er liebt mich über alles. Ich gluckse vor Glück und Wohlbehagen. Ich bin sein Wunschkind. Mutter, die starke Persönlichkeit, kommt auf uns zu, verscheucht Vater. Jetzt lass das Kind endlich schlafen, sagt sie lächelnd. Schlagartig befinde ich mich in der warmen Sicherheit ihres Bauches. Ich bin noch nicht geboren. Wir leben in einer Zeit des täglichen Kampfes um die Existenz. Kommunismus, rationierte Lebensmittel, Währungsreform und Unruhen, bei denen Zehntausende Menschen aufbegehrend auf die Straße gehen, begleiten uns. Wie zum Trotz gegen die Widrigkeiten des Lebens haben meine Eltern sich dafür entschieden, mich in die Welt zu holen.

Der nächste Kurzfilm. Intensive, rauschende Farben begleiten ihn. Meine Jugendzeit, Lernen und Arbeiten im Hotel Paris in Prag. War ich viele Jahre zu dünn gewesen, so festigt und rundet sich jetzt mein Körper. Mein Gesicht wird harmonischer, meine Augen gewinnen an Leuchtkraft. Seit ich leidenschaftlich verliebt bin, betrachte ich die Welt zudem von Wolke sieben aus. Dieser Zustand tut meiner Weiblichkeit gut. Meine Freundinnen und Bekannten beneiden mich um meinen Freund. Je länger hingegen unsere Beziehung anhält, desto stärker schleicht sich ein beunruhigendes Gefühl in mein Herz ein. Ich will ihn haben. Mit Haut und Haaren. Er freilich denkt anscheinend nicht im Traum daran, sich total auf mich einzulassen. Aber nun gut, ich warte eben noch. Geduld wird mich zum Ziel führen, denke ich. Eines Tages geht es aber so nicht weiter. Meine bisherige Stärke, mein Beharrungsvermögen wird durchlässig wie ein Sieb. Ich kann nicht mehr in diesem Schwebezustand verbleiben. An dieser himmelhohen, abweisenden Mauer verblutet mein liebeshungriges Herz. Dieser Zustand ist mein Verderben, er zerbricht mich. Entweder kann er mich nicht verstehen oder er will es nicht. Ich trenne mich schließlich von ihm und hoffe auf ein erfülltes Leben danach. Ich durchlebe noch einmal die seelischen und körperlichen Schmerzen, die mit diesem einschneidenden Geschehen einhergingen. Graue Nebel läuten eine kurze Schlafpause ein.

Eine andere Welt empfängt mich zwar freundlich, aber nicht mit offenen Armen. Ich bin in der Stadt, die zukünftig meine neue Heimat sein soll. Die Mentalität der Menschen ist hier anders als in Prag. Lebensfreude, vielfach überschäumend, bestimmt hier den Rhythmus. Die Schicki-Micki-Gesellschaft dominiert die lokalen Schlagzeilen der Boulevard-Blätter. Gar mancher verwechselt Narzissmus und Hedonismus mit dem Sinn des Lebens. Das erste Jahr des Anpassens ist hart. Ich bin die Fremde. Niemand ist da, der mich beschützt und mir Geborgenheit bietet. Ich bin auf mich allein gestellt, muss mich beweisen. Zurück kann ich nicht mehr. Immer mehr schätze ich es indessen, ungewohnt frei und offen meine Meinung sagen und Missstände auch als solche bezeichnen zu können. Nachdem ich mich einigermaßen eingelebt habe, treffe ich auf einige interessante Männer, doch bei keinem habe ich das Gefühl, dass einer davon auf Dauer der Richtige für mich ist. Ich halte mich zurück, denn ich kann anscheinend nichts anderes tun, als mir innerlich und äußerlich ein

Nest zu bauen, in dem ich überwintern kann. Bis sich dann im hoffentlich einziehenden Frühling unerwartet mein Wunschtraum von der unsterblichen Liebe zu einem Mann schlussendlich doch noch erfüllt. Das ist das Wichtigste in meinem Leben, ich sehne mich unaufhörlich danach.

Der Film erfährt eine Unterbrechung. Peter ist aufgewacht. Die Nachttischlampe verbreitet ihr weiches Licht. Er fühlt meine Stirn, prüft, ob ich Fieber habe oder schwitze. Er küsst mich zärtlich, nimmt meine Hand in die seine, löscht das Licht und schläft weiter.

Die Vorboten des Schmerzes in meinem Kopf künden sich wieder an. Dieses Mal sind die stechenden Schmerzen in meinem Kopf jedoch nicht so ausgeprägt. Das Morphinzäpfchen bremst den Schmerz, regelt ihn auf ein erträgliches Maß herunter. Ich will, dass es aufhört, will nur noch gehen – dorthin, wo es keine Schmerzen mehr gibt.

Ich weiß nicht, ob ich wach bin oder träume. Das Kino in meinem Kopf setzt den Film fort. Beruflich habe ich mich den Umständen angepasst. Ich habe mein Auskommen mit dem, was ich verdiene. Das allerdings ist auch schon alles. Ansonsten führe ich ein Leben, das mich nicht zufrieden stellt. Ich will nicht mehr allein sein. Ja, ich bin in einen Kreis liebenswerter Menschen geraten, doch wenn ich alleine bin, bedrückt mich die Einsamkeit. Habe ich einen nicht wieder gut zu machenden Fehler durch mein Weggehen von Prag begangen? Habe ich meine Wurzeln gekappt und bin dadurch zu einer verlorenen Seele ohne zukünftige Heimat auf festem Boden geworden? Ich tröste mich mit dem Gedanken, dass sich mein Schicksal auf diese Art und Weise ausdrückt, das ich so hinnehmen muss. Gleichzeitig überflutet mich unendliche Traurigkeit. Es gibt keine Hoffnung mehr für mich, ich werde schon bald sterben. Warum geschieht mir das? Ich war doch viel zu kurz auf der Erde. Wie wundervoll wäre es, könnte ich die Zeit zurückdrehen. Noch einmal von vorne anfangen, aber mit dem Wissen und der Erfahrung, die ich heute habe. Es sind leere Träume und Wünsche, diese Gedanken, bald vom kosmischen Wind verweht.

Musik setzt ein. Überirdisch harmonische Klänge. Fanfaren künden im Film vom letzten Teilstück meines Lebens. In schillernde

Farben wie im LSD-Rausch tauche ich ein. Eine euphorische Welle trägt mich übers Meer der Gefühle. Im nächsten Moment ist alles verschwunden. Ich sehe, wie Georg meine Hand nimmt. Komm mit, sagt er vielsagend lächelnd, ich will Dir was zeigen. Zusammen betreten wir ein Lokal. Ja, ich kenne es. Wir sind mehrmals dort gewesen. Wir gesellen uns zu einer Zigarren rauchenden Runde von Männern. Der starke Rauch erinnert mich an die Dampflokomotiven in meiner Kindheit. Der Mann am Kopfende des Tisches fixiert mich regelrecht mit seinen Augen. Ich fühle mich eigenartig berührt. Das Bild löst sich auf und ich schlafe für eine Weile ein.

Da ist er wieder – der Mann, von dem mir Georg ins Ohr flüstert, dass er Peter heißt und Häuser baut. Ich arbeite gegenwärtig in einem Bistro. Der Job ist lebendig und bereitet mir Spaß. Männliche Gäste bemühen sich um mich. Sie sind großzügig. Ich werde von ihnen hofiert. Seit neuestem sitzt nun dieser Peter sehr oft im Lokal. Er ist anders als meine Verehrer an der Theke. Ich spüre, dass er mich beobachtet, obwohl er so tut, als ob er sich nur um das Essen und seine Zeitung kümmert. Er hat tieferes Interesse an mir. Ich werde ihn ebenfalls unter die Lupe nehmen, um zu sehen, was dabei herauskommt. Nach einigen Monaten bin ich mir sicher, dass Peter der richtige Mann für mich ist. Wir haben in dieser Phase sehr viel miteinander gesprochen, haben unsere gegenseitigen Wünsche, Vorstellungen und Lebensweisen geprüft und eine unglaubliche Übereinstimmung festgestellt. Ich habe mich in ihn verliebt, will mit ihm zusammen leben, in seinen Armen liegen, Pläne mit ihm Wirklichkeit werden lassen und alt mit ihm werden.

Intensiv wiederholt sich die unaufhörliche Steigerung unserer Gefühle füreinander. Innerlich sind wir eins, nur im Äußeren zwei verschiedene Menschen. Je länger unsere Verbindung anhält, desto dichter und reicher entwickelt sie sich. Sie strebt einem Höhepunkt zu. Nein, das erweist sich nun als Irrtum. Ein furchtbarer Absturz ist es. Haben wir zu viel vom Schicksal erwartet? Ist es falsch gewesen, außergewöhnlich glücklich werden zu wollen? Ich begreife es nicht und werde es nie erfahren. Und nun zwingt mich diese allmächtige Kraft, alles hinter mir zu lassen. Mein Peter wird gramerfüllt sein. Ich bereite ihm herzzerreißen-

den Kummer. Dabei würde ich ihm doch...
Der Film reißt. Schwarze Trauer umfängt
mich und führt mich in die Bewusstlosig-
keit.

Finale

Eine Woche später wird Katerina bettlägerig. Ein fünfwöchiger Albtraum beginnt für uns beide. Ich halte mich jetzt nur noch stundenweise im Büro auf, steuere meine Firma vom Telefon aus. Ihr Gleichgewichtssinn ist gestört, alleine kann sie nicht mehr stehen und gehen, sie fällt sonst hin. Sie spricht nicht mehr, hält ihre Augen geschlossen. Mit allen mir zur Verfügung stehenden Mitteln versuche ich den Verfall hinauszuzögern. Homöopathie, spagyrische Tinkturen, Gesundheitstees, Bio-Rüben-Saft nach Breuss, das Mistel-Präparat setze ich ein. Sooft es mir möglich ist, lege ich mich neben sie, umfasse mit meinen Händen ihren Kopf und versuche dadurch, im kindischen Glauben an die Hilfe durch eine höhere Macht, ihre Schmerzen und ihr Leid auf mich zu übertragen. In den wenigen Minuten, in denen ich mit mir allein bin, verfluche ich Gott, die Welt, das Leben, die es alle gnadenlos zulassen, dass dieser wundervolle Mensch so erbärmlich auf sein Ende zugeht. Dann wiederum bettele ich bei den höheren Mächten um Hilfe. Warum ist es nicht möglich, ihr zumindest einen Teil der mir verbleibenden Lebenszeit zu schenken? Aber alles bleibt vergebliche Mühe.

Ihre Schmerzen werden unerträglich. So manches Mal jagen mir ihre plötzlichen Schreie eisige Schauer des Erschreckens über den Rücken. Sie erhält nun stärkere Dosen an Morphintabletten und Zäpfchen. Ich leide mit ihr. Sie verweigert oft das Essen. Wenn sie mal etwas zu sich nimmt, dann sind es Portionen wie bei einem Vögelchen. Nur ein wenig trinken will sie. Dieses Elend mit ansehen zu müssen, schmerzt unsagbar. Zu allem Überfluss knausert der Arzt mit der Verschreibung der Präparate, weil diese dem Betäubungsmittelgesetz unterliegen. Er muss einen verachtenswerten bürokratischen Verwendungsnachweis auf Kosten todkranker Menschen führen.

„Peter!" bricht es aus ihr heraus. „Ich muss etwas loswerden. Etwas, das mich immer noch extrem beschäftigt. Ich bin schon einmal schwanger gewesen. Doch ich habe es damals zugelassen, dass die Schwangerschaft abgebrochen und zusätzlich in meinem Unterleib eine merkwürdige Operation durchgeführt wurde. Ich habe das nie verwunden. Meine Kinderlosigkeit sollte wohl sein, weil es mit diesem Mann keine Zukunft für mich gibt. Heute bin ich froh, kein gemeinsames Kind mit ihm zu haben. Und zwar um des Kindes willen. Denn wie soll ich es diesem Kind plausibel machen, dass es von einem zügellosen Mann gezeugt worden ist, der so gut wie mit jeder Frau kopuliert, die sich ihm anbietet. Auch wenn ihn dafür der Großteil der Gesellschaft bewundert. Einer, der die Frauen, mit denen er Sex hat, zählt und in seinem Kopf Buch darüber führt. Der mit der Vielzahl prahlt? Versteht ein Kind das – welche Gefühle bewegen es dabei?"

Schwer atmend hält sie einige Zeit inne, bevor sie fortfährt.

„Vielleicht ist es diese tiefe seelische Wunde, weshalb auch unser intensiver Kinderwunsch sich nicht erfüllte. Jetzt kann ich nur noch in Deiner Erinnerung weiterleben." Sie hält mit dem Sprechen inne. Es erschöpft sie. Ich bin erschüttert, mit welch brachialer Wucht ihr anscheinend tiefster Wunsch, den sie erst jetzt offenlegt, ans Licht drängt.

Nach einer kleinen Pause redet sie weiter.
„Ich möchte Dich um etwas bitten. Kannst
Du Dich mal umschauen, ob Du von irgendwem ein Mittel oder eine Droge bekommst, mit der ich endlich Schluss machen kann. Wir wissen beide, dass nichts
mehr zu retten ist. Ich will Dich nicht länger
mit meinem Leid belasten, weil ich Dich liebe." Ich bin sprachlos, weiß zunächst nicht,
was ich ihr antworten soll. Nach einigem
Überlegen bitte ich sie um Bedenkzeit.
Gleichzeitig ist mir klar, ich werde dazu
nicht in der Lage sein. Der Gedanke, ihren
Tod mit herbei zu führen, erscheint mir ungeheuerlich. Zudem bin ich zu schwach und
zu feige für eine solche Hilfeleistung.

Sie ahnt sofort, was in mir vorgeht. „Liebling" sagt sie tröstend. „Ich fühle, was in Dir
in diesem Augenblick vor sich geht. Du
brauchst nichts zu tun, was Dir nicht möglich ist." Ich wage es in diesem Moment
nicht, ihr zu sagen, dass ich sie nicht verlieren will, kann, darf... Ja, ich fühle mich
schuldig, weil mir mein Verhalten egoistisch
erscheint. Mein Herz rast und schmerzt. Ich
lege mich neben sie, ergreife ihre Hand und
halte sie fest, so schrecklich fest. Erschöpft
falle ich in einen kurzen Schlaf. Ich befinde

mich in einem kahlen Raum, scheinbar ohne Wände, in dem ein weißer Sarg bedeckt mit roten Rosen schwebt. Der Traum bedroht und ängstigt mich. Von Panik bestimmt wache ich auf.

Meine große Liebe verlässt das Bett nicht mehr. Gemeinsam warten wir auf die Erlösung. Erst seit siebenunddreißig Jahren lebt Katerina auf der Erde. Sie ist eine verlorene Seele. Gestern, am Sonntag, ächzt sie unter dämonischen Schmerzen. Ihre Schreie gehen mir durch Mark und Bein. Ich verabreiche ihr eine große Dosis Morphin, um ihr damit Erleichterung zu verschaffen. Danach liegt sie still mit schrecklich blassem Gesicht im Kissen. In dieser Nacht wache ich über sie. Nicke nur einige Male ein, wenn der Schlaf übermächtig wird. Am folgenden Montagabend sitze ich vor dem Fernseher. Keine Ahnung habe ich mehr, welche Sendung ich ansehe. Es ist auch egal, denn ich nehme sie bewusst eh nicht wahr. Meine Augen sind auf das Gerät gerichtet, meine Ohren hingegen achten auf jedes noch so leise Geräusch, das aus dem Schlafzimmer dringt. Ich bin deprimiert. Warum nur dieses grausame Ende unserer Liebe? Ich finde keine Antwort.

Ein Rascheln lässt mich aufspringen. Durch den kurzen Flur zwischen Wohnzimmer und Schlafzimmer eile ich zu ihr. Sie hat sich bewegt, aus der Rückenlage auf die rechte Körperseite gelegt. Ihr rechtes Bein ragt ein Stück aus dem Bett. So, als will sie sich auf den Weg machen. Auf den Weg in die Ewigkeit. Der heilige, entsetzliche Augenblick ist eingetreten. Meine wundervolle Frau ist tot. Mein Liebling. Meine Göttin. Mein Atem. Mein Leben. Meine große Liebe.

Ich liege auf den Knien vor dem Bett, starre sie an, warte vergeblich auf ein Lebenszeichen. Kein Lebensfunke blitzt mehr in ihren starrgewordenen Augen. Mein Hals ist trocken. Mir ist zu Mute wie einem Zombie – ich kann nicht weinen. Ihr Gesicht strahlt Frieden aus. Ihr Mund steht leicht offen. Lange harre ich vor ihr aus. Dann beuge ich mich über ihr kalt werdendes Gesicht, küsse ihre Stirn und ihren Mund. Ich nehme ihre ebenmäßigen Hände in die meinen, küsse sie ebenfalls und betrachte sie. Unsere verbundenen Hände, die aller Welt zeigen: Die beiden da, die gehören zusammen, die lieben sich. Trennen kann sie nur der Tod. Meine geliebte Katerina, ich danke Dir für fünfeinhalb Jahre Glück. Solange ich lebe, werde ich um Dich weinen.

Katerinas Bestattung findet am darauf folgenden Freitag statt. Sie wird ganz in Weiß gekleidet in einen weißen Sarg, geschmückt mit tiefroten Rosen gebettet. Mutter Erde nimmt ihren gepeinigten Körper auf. Ihre Liebe aber bleibt in mir als Vermächtnis, das mir Trost spendet.
Katerina, warte auf mich in der Zukunft!
Dein Peter.

Nach der Trauerfeier treffen wir uns in einem nahegelegenen Restaurant. Wir, das sind Katerinas und meine Freunde und Bekannten. Ich befinde mich jetzt in einem Vakuum, weiß nicht, ob das soeben Erlebte Realität ist oder ob mich ein grausamer Film gefangen hält. Die Menschen um mich herum bemühen sich, mir Trost zuzusprechen. Es ist, als würden sie ins Leere sprechen. Eigentlich machen sie sich selbst Mut, das Schreckliche psychisch zu verarbeiten. Was sie äußern, bleibt auch nicht in meinem Gehirn hängen. Ich bin wie fremdgesteuert. Jemand aus der Gruppe bietet mir an, kommende Nacht bei mir zu bleiben. Das ist sehr fürsorglich gemeint. Doch ich will und muss gegenwärtig nur allein sein.

Auf dem Rückweg nach Hause halte ich spontan vor einem großen Supermarkt. Ich halte es sonst nicht aus. Ich brauche ein Ventil für das in mir angesammelte Leid, und kaufe eine Flasche Rémy Martin. In der Wohnung angekommen verharre ich kurz an der Eingangstür. Stille. Meine Schuhe streife ich achtlos ab, ebenso wie meinen schwarzen Anzug. Der nächste Weg führt mich auf der Stelle in mein Schlafzimmer. Sie ist nicht da. Die Bettdecke ist zurückgeschlagen. So, wie sie das Bett verlassen hat, als ihr lebloser Körper abgeholt wurde. Ich lasse den Rollladen vor dem Fenster herunter. Sodann verdunkele ich ebenso alle Fenster und Fenstertüren im ganzen Haus. Auf dem Wohnzimmertisch stelle ich im Kreis rote Kerzen auf, zünde sie an. In die Mitte stelle ich ein Bild von Katerina. Ich bereite meine persönliche Totenmesse für sie vor.

Anschließend lege ich eine CD mit Mozarts Requiem in den CD-Spieler ein, starte die Wiedergabe jedoch noch nicht. Ich setze mich auf die Récamiere, dorthin, wo sie mit

Vorliebe gesessen ist und horche in die Stille des Raumes hinein. Ihr Wohlgeruch liegt noch in der Luft. Ich denke, sie ist noch hier. Nur in einem anderen, unsichtbaren Zustand. Nun bin ich allein, gottverflucht allein. Mein Herz blutet, meine Seele ist gespalten. Grenzenlose Trauer und Verzweiflung erfasst mich. Ich schreie lauthals, heule Rotz und Wasser, lasse meinen Gefühlen freien Lauf, verfluche Gott und die Welt. Erst jetzt wird mir so richtig bewusst, welches Unglück uns getroffen hat. Ohne Katerina ist meine Welt leer geworden. Warum hat es keinen glücklichen Ausgang gegeben? Auf dieses „Warum" bekommt niemand eine Antwort.

Ich habe mich ein wenig beruhigt, schenke ein großes Glas Cognac ein, das ich auf einen Zug austrinke. Die Flasche stelle ich in Reichweite neben den Tisch. Lautstark setzen die ersten Töne des Requiems ein. Ich lehne mich zurück, und unser gemeinsames Leben zieht vor meinem inneren Auge vorüber. Fünfeinhalb gemeinsame Jahre sind zeitlich betrachtet nicht viel. Wenn es jedoch ausgefüllte Jahre voll Liebe und Harmonie sind, ist es ein großes Geschenk. Wird mir die Erinnerung daran helfen, weiterleben zu können? Oder ist es womöglich besser, Katerina so bald wie möglich nachzufolgen?

Ich zünde eine Monte Christo No. 2 an, ziehe heftig an der Zigarre. Gleichzeitig mit dem Cognac geht später auch eine weitere Monte Christo zur Neige. Mir ist übel. Der Alkohol in Verbindung mit dem Nikotin tut seine Wirkung. Nachdem ich das Requiem zum dritten Mal angehört habe, schlafe ich vor den erloschenen Kerzen mit dem intensiven Wunsch ein, am nächsten Morgen nicht mehr aufzuwachen. Ich will nur noch zu ihr.

Was hat sich ereignet? Ich brauche ein, zwei Minuten, um zu mir zu kommen. Mein Kopf schmerzt, der Geschmack in meinem Mund ist ekelhaft. Erst in diesem Augenblick setzt die Erinnerung wieder ein. An den gestrigen Tag und an das grausame Geschehen. Ich komme damit nicht zurecht, kann noch immer nicht begreifen, wie und warum das alles so gekommen ist. Warum hat es keine Rettung für diesen lieben Menschen gegeben? Warum muss gerade sie so frühzeitig von dieser Welt gehen? Da finden sich die zwei Menschen, die zueinander gehören.

Lediglich ein paar Jahre werden ihnen im Endeffekt zugestanden, um glücklich miteinander sein zu dürfen. Schließlich wird ihnen ein unbarmherziges Schicksal auferlegt. Ich kann mir beim besten Willen nicht vorstellen, dass Katerina diese Entwicklung verursacht hat. Was war in ihrem Körper geschehen, dass er so reagiert hat. Dass Zellen bösartig geworden sind und lebenswichtige Organe angegriffen haben, um sie zu vernichten. Kein Mensch kann so etwas wollen. Es muss eine höhere Macht geben, die diesen Weg vorgezeichnet hat. Ich erkläre dieser Macht auf der Stelle den Krieg.

Wie soll es nun weitergehen? Ab jetzt fehlt der wichtigste Mensch in meinem Leben. Was mir bleibt, sind die Erinnerungen. Und Besuche an Katerinas Grab. Doch die machen sie auch nicht wieder lebendig. Da kann ich noch so lange auf die Erde, die Blumen und Grünpflanzen starren – Katerina ist verschwunden von dieser Welt. Fort. Weg. Für immer. Nach den Tränen steigt Hass in mir auf. Mörderischer Hass. Das Leben erweist sich als einziger, gigantischer Betrug. Ich verfalle zunächst unmerklich, im Laufe der Zeit stärker und mächtiger werdend, der Depression.

Dem Peter

Du, was soll ich Dir sagen,
wie soll ich Dir sagen,
was Du für mich bist?

Du kannst nicht meine Sonne sein,
denn Du bist viel wärmer.

Du kannst nicht mein Sternenhimmel sein,
denn Du bist viel strahlender.

Du kannst nicht mein Goldstück sein,
denn Du bist viel wertvoller.

Du bist etwas, das ich mir nicht
Und Dir nicht erklären kann

Katerina

E pilog

Der Prozess

Angeklagter: Gott
Ankläger: Ich, Peter
Verteidiger: Ich, Peter
Richter: Ich, Peter

Der Ankläger:

Du, der Du heute auf der Sünderbank sitzt,
bist angeklagt der Quälerei, der Folter und
der vorsätzlichen Tötung von KATERINA.
Ein Mensch, der nur leben wollte, weil es
seine Bestimmung war. Der Dir vertraute.
Du hast die Verantwortung für alles Leben,
weil Du es angeblich geschaffen hast. Was
hast Du zu dieser Anklage zu sagen?

Gott:

Ich bin euch keine Rechenschaft schuldig.
Ich bin überheblich, egoistisch, arrogant
und allmächtig. Das sogenannte „Opfer", wie
ihr diese Frau nennt, ist mir darüber hinaus

völlig gleichgültig. Wo käme ich denn hin, würde ich mich um euch alle kümmern müssen. Seht zu, wie ihr mit euren lächerlichen Problemen selbst fertig werdet.

Der Verteidiger:

Hohes Gericht, ich bin entsetzt. Gott ist grauenhaft. Ich lege mit sofortiger Wirkung die Verteidigung dieses Ungeheuers nieder.

Der Richter:

Ich verkünde das Urteil. Der Angeklagte ist schuldig in allen Punkten. Im Namen des Lebens und der Liebe verurteile ich Dich, Gott, dazu, von den Menschen nicht mehr wahrgenommen zu werden. Du bist tot.

Rendezvous mit der Liebe

„Peter!", die Stimme klingt drängend, fast ein wenig aufgebracht. Dann wiederholt sie lauter: „Peter!". Jetzt nehme ich sie deutlich wahr. Diese Stimme kenne ich doch. Das ist Katerina, die mich da im Schlaf ruft. Was ist hier los? Bin ich heute Nacht verrückt geworden? Oder bin ich gestorben, und befinde mich jetzt in einer anderen Dimension?

„Katerina?", frage ich zweifelnd in die Dunkelheit hinein, „bist du das wirklich?"

„Ja, mein Liebling, ich bin es, die große Liebe deines Lebens. Endlich gelingt es mir, zu dir durchzudringen. Du brauchst also nicht zu erschrecken. Ständig habe ich versucht, dich zu erreichen. Denn wir haben etwas ungemein Wichtiges miteinander zu besprechen. Das schon lange, sehr viele Jahre in deiner Zeit gemessen, überfällig ist. Aber mein Bärchen hat es ja vorgezogen, seine Seele beinahe in ein Trümmerfeld zu verwandeln. Krieg zu führen gegen jeden und alles."

„Katerina, ich weiß jetzt erst einmal nicht, was ich überhaupt sagen soll. Deine Stimme zu hören, mit dir Kontakt zu haben, überfordert mich total. Das ist ein Schock für mich, den ich erst verdauen muss."

„Peter, du hörst sicher an meinem Tonfall, dass es mir richtig Freude machst, dich so zu überraschen. Und hör auf zu weinen. Ich habe dir eine Botschaft zu überbringen, die dich in ein glückliches Leben führt."

„Ja, Kat, ich kann es mir sehr gut vorstellen, wie du übermütig grinst, so wie damals, als wir unser gemeinsames Leben genossen haben. Sag mir um Himmels Willen, wie es möglich ist, dass du mit mir sprechen kannst?"

„Das ist eine große Ausnahme, Peter. Mit dem lautstarken herausschreien deines Leids und deinem Toben hast du Aufmerksamkeit erregt. Die Mächtigen dort, wo ich jetzt bin, haben mir daraufhin ausnahmsweise diesen Brückenschlag zu dir ermöglicht. Frag mich nicht, wie ich dir diese andere Dimension erklären soll, du kannst es noch nicht verstehen. Kurz gesagt, ich bin wieder zu der alle Menschen umgebenden

Energie geworden. Aber nun zu dir. Sag mir, was du nach unserer Trennung alles erlebt hast. Schütte mir dein Herz aus, damit du endlich frei wirst. Mich brauchst du nicht fragen, wie es mir geht. Ich bin die Liebe. Ich bin vollkommen."

„Deine Worte tun mir gut. Niemand außer dir kann auch nur annähernd ermessen, wie unglücklich ich bin. Wie du schon weißt, habe ich unbeschreiblich gelitten. Phasen der absoluten Gleichgültigkeit allem und allen gegenüber sind abgelöst worden von Schüben des unbändigen Hasses gegen das von mir schließlich verachtete Leben und das erbarmungslose Schicksal. Ich habe sie dafür verantwortlich gemacht, dass du so früh aus dem Leben gehen musstest. Aus einem gemeinsamen Leben, das so schön, so atemberaubend begonnen hatte. Das uns unendliches Glück und die vollkommene Liebe zu versprechen schien. Im Endergebnis hasste ich das Göttliche grenzenlos. Ich realisierte, dass du, aber auch ich, jener gefühllosen Macht als hilfloser Spielball ausgeliefert ist."

„Ich verstehe dich. Ich fühle mit dir. Sprich dich weiter aus, ich kann dir helfen."

„Ja, nachdem du nicht mehr an meiner Seite warst, trösteten mich der Alkohol und meine Zigarren. Nach der Arbeit bin ich schleunigst nach Hause gefahren, habe mich eingeigelt, und schwermütige klassische Musik gehört. Laut, und noch lauter. Bis ich einen der beiden Lautsprecher zerstört habe. Es war furchtbar. Jeden Tag hat mich der Gedanke an den Tod, an Suizid begleitet. Ich verlor das Interesse an der Vielfältigkeit des Lebens. Sooft es mir möglich war, bin ich nach Prag gefahren, habe ich dich gesucht. Habe deine Familie besucht. In allen Straßen, an allen Plätzen, in allen Kneipen und Restaurants, die wir zusammen besucht haben, schaute ich nach, ob ich dich dort finden kann. Enttäuscht bin ich danach wieder zurück nach München gefahren. Gefahren sagte ich eben? Nein, hemmungslos gerast bin ich. Unbewusst habe ich wohl auf einen tödlich verlaufenden Unfall gehofft. Aber nichts dergleichen passierte mir. Anscheinend hatte ich einen besonders aufmerksamen Schutzengel.“

„Ja, mich! Ich sage dir bei aller Liebe, die ich für dich empfinde: Du hast es verdient, dass ich dir zumindest eine verbale Lektion erteile."

„Und dir sage ich auch eins: Ich nehme diese Strafe von dir an! Ich habe sie wahrlich verdient! Obwohl, die Zeit, die ich in der Unterwelt verbrachte, ist Strafe genug. Aber lass dir weiter erzählen. Mein Interesse an meiner Arbeit und damit an meiner Firma ließ unmerklich, aber beständig nach. Mir fehlte einfach die Kraft, diese anstrengende Tätigkeit weiter durchzuhalten. Damals, nach deinem Weggang, sagte mir meine Intuition auch recht deutlich: Halt ein! Mach eine Zäsur! Überdenke dein bisheriges Leben. Überlege sorgfältig, wie es bei dir weitergehen soll. Das, was du beruflich ausübst, ist nicht mehr das Richtige für dich. Du wirst damit nicht glücklich werden. Es ist nicht deine Berufung. Aber nein, ich habe weiterhin auf dem eingeschlagenen Weg beharrt. So kam es, wie es kommen musste, und ich verlor auch meine Firma."

„Das fühlte ich bereits damals, als wir uns kennen lernten. Es war mir klar, dass du nicht der nüchterne Technokrat bist. Zahlen hast du nie geliebt. Du hast Wärme und Geborgenheit ausgestrahlt. Genau deshalb habe ich seinerzeit entschieden, gerade dich zu lieben."

„Das ist schön, zu hören. Was mein Privatleben angeht, so bin ich zwar in den vergangenen Jahren auf einige Frauen getroffen, wollte aber keine feste Verbindung eingehen. Lange Jahre stand mir die Vergangenheit im Wege, weil ich jede Frau mit dir verglichen habe. Und alle haben sie gegen dein Bild in meiner Seele und in meinem Herzen verloren. Aus diesem Grund habe ich mich bis heute mit keiner anderen Frau verbunden."

„Aber du hast oftmals mehr als nur eine große Sehnsucht nach einer lieben Partnerin gehabt und hast sie auch heute noch?"

„Ja, Katerina, das gebe ich unumwunden zu. Du warst meine Seelenverwandte. Du sollst auch in dieser Hinsicht einzigartig in meiner Erinnerung bleiben. Schön wäre jedoch eine liebevolle Partnerin an meiner Seite. Mein Leben wäre ohne Zweifel reicher. Aber lassen wir das. Zwei wichtige Anliegen beschäftigen mich nach wie vor: Ich bitte dich, mir all das, was ich in unserer Beziehung falsch gemacht habe, wie ich ungerecht dir gegenüber war, mir das alles zu verzeihen, und damit meiner Seele die Schwere zu nehmen. Vergib mir meine Schuld. Und zum anderen plagt mich immer noch die Frage des warum. Warum musstest du so früh sterben? Warum nur...? "

„So, mein Lieber, jetzt hör mir aufmerksam zu. Zum warum gibt es nur diese Antwort: Manchmal muss der Mensch den Körper beseitigen, damit die Seele Ruhe findet. Nur dann kehrt wieder Ordnung ein. Ich war bei dir, um dich die wahre Liebe zu lehren. Das ist alles. Es ist das mächtigste und schönste Geschenk für einen Menschen, denn es ist vollkommen.

Zu deinem Verhalten, nachdem ich nicht mehr bei dir war, sage ich dir eindringlich: Es hat seinen tiefen Grund und Sinn, dass du noch am Leben bist. Du hast noch eine Menge Arbeit für den Rest deines Lebens vor dir. Du hast dich viele Jahre vor dieser Arbeit gedrückt. Du bist zu selbstmitleidig. Aber so darfst du nicht weitermachen. In dir hat sich ein beträchtlicher Schatz angesammelt, den du mit der menschlichen Gemeinschaft zu teilen hast. Dein Geist verlangt danach, wieder zu brennen. Dieses

Feuer nicht mehr unter den Scheffel zu stellen, sondern es mitten auf dem Marktplatz des Lebens für alle Menschen sichtbar zu präsentieren. Starr nicht andauernd zu Boden, denn das steht nur Menschen zu, die ihre Aufgabe auf der Erde erfüllt haben, und bald heimkehren dürfen. Richte dein Gesicht zum Himmel hinauf, schau in die Sonne, sie wird dir Energie und Liebe im Überfluss schenken. Du erinnerst dich sicher an unseren Frankreichurlaub. Ich setzte mich intensiv dem Sonnenlicht aus, und habe dadurch Kontakt mit meiner wahren Heimat aufgenommen. Die Sonne hat es mir ermöglicht, leichter dorthin zurück zu kehren. Jetzt tanze ich durch das gesamte Universum, wohne in der Sonne und in deinem Herzen. Freu dich für mich. Aber du, du bist noch lange nicht soweit, mir zu folgen.

Du hast bei meinem körperlichen Tod einen Schwur geleistet. Du hast es sogar aufgeschrieben, ich konnte es sehen, weil mein Geist noch einige Zeit um dich war. Du hast mir Treue geschworen bis in alle Ewigkeit. Für diesen Eid erteile ich dir heute Absolution. Du darfst nicht mehr daran festhalten. Du bist frei. Glaube ab sofort nur mehr an die Liebe, dann schließt du die vergangene

Erinnerung an mich mit ein. Gib das, was ich dich gelehrt habe, an möglichst viele Menschen weiter. Damit erweist du mir die größte Ehre und Freude. Versöhne dich mit dem Göttlichen, oder wie immer du diese Macht bezeichnen willst. Versöhne dich mit dem Leben, dem Schicksal und auch mit den Menschen. Du hast noch eine lange Zeitspanne zu leben, die du mit aller Kraft ausfüllen wirst. Ich liebe dich!"

Als ich erwache, kann ich mich an jedes Wort erinnern, das ich mit Katerina gesprochen habe. Was ich dabei fühlte, ist ebenso in mir präsent. Aber, ganz großes aber, habe ich das nur geträumt? Ich weiß es nicht. Nach intensivem Überlegen komme ich zu dem Schluss, dass ich das, was vergangene Nacht in meinem Kopf stattgefunden hat, tatsächlich erlebt habe. Ein letztes Mal hat sie mir geholfen, aus meinem geistigen Gefängnis, in das ich mich selbst eingeliefert hatte, zu entkommen. Unter Tränen wird mir bewusst, dass sie mich aufgefordert hat, sie endlich los zu lassen.